Carole Enz

Leon

Carole Enz

Leon

Sistabooks

Enz, *Carole*
Leon
Originalausgabe – 1. Auflage – Horgen 2023
Sistabooks GmbH, Churfirstenstr. 5, CH-8810 Horgen
Homepage: www.sistabooks.ch
(Sistabooks – Fantasy-Roman)
ISBN: 978-3-907860-32-8

1. Auflage 2023

Covergestaltung: Carole Enz
Herstellung: Books on Demand GmbH, Norderstedt

Inhaltsverzeichnis

für Sista Michèle
zum Dank für
22 Jahre Verlag,
33 Jahre Freundschaft
sowie das geniale Abenteuer,
mit dir zusammen Rabenherz zu schreiben!
Mögen wir noch viele Fortsetzungen
dieser coolen Buchreihe kreieren!

Prolog

«Was für leuchtend grüne Augen!», ist Patrick Inderbitzin überrascht, als er seinen neugeborenen Sohn ergriffen mustert, «Dabei liegt die Wahrscheinlichkeit, dass Eltern mit blauen Augen ein Kind mit grünen Augen bekommen, bei gerade mal einem Prozent.» – Obwohl seine Frau, die noch im Gebärsaal liegt, von der mühsamen Geburt komplett erschöpft und durchgeschwitzt ist, lächelt sie ihrem Gatten zu, als wäre sie überhaupt nicht überrascht. «Die Gene für grüne Augen manifestieren sich in deiner und meiner Verwandtschaft doch immer wieder… mein Opa, deine Tante. Ganze sechzehn Gene sind für die Augenfarbe verantwortlich. Bei mir wie auch bei dir fehlen wohl einfach ein paar Gene, die es für grüne Augen braucht – darum sind unsere blau. Doch mit jener Spermienzelle, die meine Eizelle befruchtet hat, um dieses kleine Wunder zu erschaffen, hast du mir genau jene Gene für grüne Augen zugeschanzt, die mir fehlen.» Patrick nickt verlegen, denn er müsste ja wissen, wie die Augenfarbe zustandekommt. – Die noch anwesende Hebamme hingegen verdreht die Augen und murmelt: «So tönt es, wenn ein Biologen-Paar ein Kind bekommt. Normale Eltern würden <Ach ist er süüüss!> ausrufen.»

Patrick hatte seiner Frau Andrea mehrere Stunden die Hand gehalten, bis der Wonneproppen von satten vier Kilogramm endlich das Licht der Welt erblickt und alle Anwesenden mit seiner Anmut verzaubert hatte. Jetzt, wo er in Andreas Armen liegt und in die für ihn fremde Welt glotzt, scheint die Zeit stehen zu bleiben. Nur die Hebamme ist etwas ungeduldig, denn im Nebenraum wartet schon ihr nächster Einsatz: eine bevorstehende Zwillingsgeburt. Sie schreibt schnell das Geburtsdatum in ein Formular rein: 9. August 2002. Sie hat das Feld für den Tag noch leer gelassen, denn es ist schon fast Mitternacht – es hätte gut auch bis in die frühen Morgenstunden des nächsten Tages dauern können.

Jetzt fehlt ihr nur noch ein einziger Eintrag. Deshalb fragt sie, aus Zeitgründen etwas drängend: «Und der Name des kleinen Löwen lautet wie nochmals? Das muss ich eintragen und dem Zivilstandsamt weiterleiten.» – «Kleiner Löwe… Ach ja, sein Sternzeichen ist Löwe… na dann: Leon!», antwortet Andrea verzaubert, nur Patrick starrt sie perplex an und stottert: «A… aber er… er sollte doch Urs heissen!» – «Urs… so heisst doch heute niemand mehr.» – «Eben darum», kontert der Vater, «ein einzigartiger Name. Und er bedeutet Bär! Bären magst du doch, Rea.» – «Ja», säuselt Andrea, «du bist mein Bärli, Päde. Unser Sohn ist jetzt halt ein Löwe. Schau dir doch seine dunkelblonde Mähne an. Welches Neugeborene hat schon so viele Haare auf dem Kopf. Das schreit nach einem passenden Namen. Und Leon passt!» – Der Vater seufzt und blickt zu seinem Sohn, der seinen Vater mit einem einzigen Blick entwaffnet. Patrick gibt seinen Widerstand auf: «Ok, dann eben Leon! Willkommen auf diesem Planeten, Löwenherz!»

1

Unter Tigern, Löwen und Pumas

Leons Kindheit ist ein einziges grosses Abenteuer. Seine Eltern reisen mit ihm rund um die Welt, um in Forschungsprojekten zum Schutz von Grossraubkatzen mitzuwirken oder selber welche zu leiten. Patrick und Andrea Inderbitzin sind beide Naturforschende wie aus dem Bilderbuch: Sie lieben die Wildnis, leben gerne in Zelten, Wohnwagen oder improvisierten Forschungscamps – meist weit weg von Dörfern und Städten. Eine Satellitenverbindung ist bis zu Leons zwölftem Geburtstag grösstenteils ihr einziges Tor zur Zivilisation. Sie müssen jeden Tag schauen, wie sie über die Runden kommen, mit Wasser und Nahrung haushalten, allen Gefahren und Pannen trotzen. Und sie müssen Leon unterrichten – abwechselnd. Das ist keine leichte Aufgabe, denn an Ablenkung mangelt es nicht. Der kleine Draufgänger erkundet lieber die Wildnis statt mit den Eltern Schulstoff zu büffeln.

Die ersten vier Jahre lebt die Familie in Asien. Leons Eltern arbeiten in diversen Forschungscamps an einem Tigerprojekt, unter anderem in Indien. Leon hat nur wenige Erinnerungen an diese Zeit. Nur etwas sticht hervor: die Begegnung mit einem ausgewachsenen Tigermännchen – Auge in Auge. Der Kuder hätte ihn locker verspeisen können, doch Leon stand nur da, komplett angstfrei – alles geht gut aus, nur die Eltern hätten fast einen Herzinfarkt bekommen.

Dann folgt Afrika – passend zu seinem Namen geht es dort um Löwen. Patrick und Andrea leiten das Projekt. Zum ersten Mal sind sie ihre eigenen Chefs, aber gleichzeitig auch die einzigen Mitarbeitenden. Meistens hausen sie in einem Zelt. Nachts schleichen Wildtiere aussen um die verletzliche Behausung herum. Und wenn ein männlicher Löwen seinen imposanten Schatten ins Zelt wirft und sein Gebrüll den Inderbitzins beinahe das Trommelfell platzen lässt, da fürchtet sich Leon kein bisschen.

Bevor sie zum nächsten Projekt weiterreisen, machen sie zum ersten Mal in ihrem Leben Ferien – in Kenyas Hauptstadt Nairobi. Das ist für Leon ein totaler Kulturschock. Das achtjährige Naturkind ist komplett überfordert von dieser lauten, überfüllten Welt. Doch etwas Gutes hat die zweimonatige Auszeit, bevor es weitergeht nach Nordamerika zu einem Pumaprojekt: Leon trifft einen Gleichaltrigen, mit dem er sich sofort gut versteht. Arthur McIntosh ist der Sohn eines britischen Botschafters und einer kanadischen Hilfswerks-Mitarbeiterin. Die Jungs sind nach wenigen Tagen unzertrennlich, stellen viele Dummheiten an und landen oft auf dem Polizeiposten. Arthurs Vater holt sie jeweils nach ein paar Stunden mit der Konsulatslimousine wieder ab. Die Polizisten erwarten den hohen Besuch stets mit einem breiten Grinsen, denn die Jungs sind mittlerweile stadtbekannt.

In Nordamerika wird der mittlerweile neunjährige Leon in eine deutsche Schule nach Kalifornien geschickt. Er verbringt die Zeit unter der Woche im Internat. Das passt ihm gar nicht, denn er fühlt sich wie in einem Gefängnis. Er will frei sein, draussen Abenteuer erleben, die Natur erkunden! Die ersten Monate sind für ihn eine fürchterliche Tortur. Zudem sieht er seine Eltern nur an den Wochenenden. Meistens tätigt ein Elternteil Freitag-Abend einen Inlandflug, um Leon abzuholen. Die Wochenenden verbringt er dann im Forschungscamp beim Yellowstone National Park, was zwar eine mühsame Herumfliegerei, aber definitiv mehr nach seinem Geschmack ist als das Internat. Montag-Morgen geht es jeweils zurück; das ist mit der Schule so arrangiert.

Glücklicherweise besitzt Leon dann schon einen Laptop. Damit kann er mit Arthur kommunizieren. Deren Summ-Sessions finden meistens um die Mittagszeit oder um Mitternacht statt – wegen der grossen Zeitverschiebung von fast einem halben Tag. Jeweils einer der beiden bekommt zu wenig Schlaf. Weil es sich ausgleicht, geht es einigermassen. In der Schule selber findet sich Leon kaum zurecht. Er prügelt sich oft mit den Mitschülern, die er für aufgeblasene Wichtigtuer hält. Und die Mitschülerinnen, die er alle in die Kategorie <doofe Tussi> einteilt, muss er sich vom Leib halten, denn alle sind total in ihn verknallt. Und die Situation verschlimmert sich von Jahr zu Jahr. Als Zwölfjähriger sieht er schon umwerfend aus. Während die anderen Jungs noch wie Kinder wirken, ist Leon schon ein strammer Bursche in

Kleinformat, mit dunkelblonden Locken, leuchtend grünen Augen, einem Engelsgesicht und einem muskulösen, aufrechten Körperbau.

***

Endlich! Ein richtiges Zuhause! Die dreiköpfige Familie zieht in eine kleine Wohnung nach Felsberg bei Chur in den Schweizer Alpen. Der mittlerweile dreizehnjährige Leon hat zum ersten Mal in seinem Leben ein eigenes Zimmer. Im Internat in San Francisco hatte er sich einen Raum mit einem Jungen teilen müssen, den er für fürchterlich dumm hielt. Das war eine Zweckgemeinschaft gewesen, man war sich aus dem Weg gegangen, hatte kaum miteinander gesprochen. Jetzt besucht er die Kantonsschule in Chur und kann mit dem Velo jederzeit nach Hause, wenn er es nicht mehr aushält, zu viele Leute um sich zu haben, und sich nach Wildnis sehnt.

«Leon, nächsten Sommer mieten wir uns einen Kleinbus und fahren den Luchsen nach, die wir per GPS-Halsband orten. Was sagst du dazu?», eröffnet ihm sein Vater die Neuigkeit. Ein breites Grinsen formt sich auf Leons Gesicht. «Hab ich dir doch gesagt, dass er sich freuen wird, Bärli», fühlt sich die Mutter darin bestätigt, die Reaktion ihres Sohnes korrekt vorausgesehen zu haben. Patrick grinst, weil seine Frau ihn seit Leons Geburt <Bärli> nennt, und schielt zu Andrea: «Hätte ja sein können, dass er die Schulfreunde vermissen wird – Hasi!» – Andrea lächelt verliebt, als sie ihrerseits mit Kosenamen angesprochen wird, und greift nach Patricks Hand. Beide rücken auf der Küchenbank näher zusammen und küssen sich leidenschaftlich. Leon läuft knallrot an und schaut verlegen zu Boden. *Irgendwie grusig, dieses Geküsse*, findet der Teenager – ausgerechnet er, der in der Wildnis jegliches Getier anfasst, ohne angewidert zu sein, nicht mal vor Spinnen und Schlangen macht er halt. Aber Küssen wirkt auf ihn eklig. Doch das sollte sich bald legen – aber sowas von!

2

Nur noch Augen für Lilly

9. August 2016. Leon lauscht in die Dunkelheit. Er liegt mitten im Kleinbus am Boden auf seiner einrollbaren Matte. Der Lieferwagen ist zum Camper umgebaut worden. Das Wohnmobil Marke Eigenbau steht in einem abgelegenen Bündner Tal. Seine Eltern schlafen ganz hinten im Camper – das Elternbett ist erhöht montiert, ein Vorhang verhilft den Eheleuten zu etwas Privatsphäre. Darunter befinden sich die Batterie und der Wassertank. Neben Leon ist nur wenig Platz vorhanden, um zwischen seinem improvisierten Liegeplatz und dem Kleiderschrank sowie der Winzig-Küche vorbeizukommen. An Leons Kopfende ist ein enger Bretterverschlag vorhanden, der als Toilette dient – ein chemisches WC steht dort drin. Vis-à-vis der Toilette befindet sich die seitliche Schiebetüre, die ins Freie führt. Vom Wohnbereich aus gelangt man direkt in die Fahrerkabine hinein. Weil dort nur zwei Sitze vorhanden sind, hat Leons Vater einen dritten Sitz mit Sicherheitsgurte an die fest eingebaute Küchenkombination montiert und im Boden verankert. Dort hockt Leon, wenn der Kleinbus unterwegs ist. Patrick hatte sich einen langen Schlagabtausch mit den Beamten des Strassenverkehrsamts geliefert, bis das Gefährt endlich die Strassenzulassung bekam. Einen richtigen Camper konnten sie nämlich nicht nehmen, der wäre nicht dorthin gelangt, wo Patrick und Andrea ihre Luchse vermuten. Sie

sind auf ein leistungsstarkes Vehikel angewiesen, das die Naturstrassen der Jäger und Förster meistert.

Leon greift zu seinem Smartiefon. Es ist fünf Uhr morgens. Der Vierzehnjährige gähnt und reibt sich den Schlaf aus den Augen. Viel zu früh! Doch irgendwie mag er nicht mehr liegen. Heute ist ein besonderer Tag, heute ist sein vierzehnter Geburtstag. Was für eine Überraschung haben wohl seine Eltern dieses Mal ausgeheckt? Letztes Jahr hatte er ein cooles Mountainbike geschenkt bekommen. Damit kann er nicht nur zur Schule radeln, sondern auch die Wälder und Felder unsicher machen. Es ist in einer Aufhängevorrichtung aussen am Wagenheck festgemacht, zusammen mit den beiden etwas weniger coolen Fahrrädern seiner Eltern.

Eine Eule ruft: «Buhuu!» Dann sechs Sekunden Pause. Schliesslich erneut ein durchdringendes <Buhuu!>. Nach weiteren acht Sekunden ein dritter Ruf. «Ein Uhu», flüstert Leon ehrfürchtig, «die grösste Eule der Welt. Fast zwei Meter Flügelspannweite! Die will ich sehen! Die muss oben in der Felswand hocken, so laut wie das tönt!» Leon kriecht aus der wärmenden Decke hervor, lediglich mit Boxershorts bekleidet, und schleicht sich zur Tür – doch nicht zur Schiebetür, denn die würde zu viel Lärm verursachen. Er klettert geschickt über den Beifahrersitz und öffnet jene Tür. Diese geht mit einem Klicken auf. Um weiteren

Lärm zu unterbinden, lässt er die Beifahrertür offen. Hier gibt es keine Diebe, höchstens freche Eichhörnchen.

Leon pirscht sich auf nackten Sohlen zum Fuss der Felswand heran. Dann blickt er hoch. Im fahlen Licht der aufgehenden Sonne schimmert weit oben der Felsen. Der noch in Dunkelheit gehüllte Eingang zu einer Felsnische hebt sich dadurch gut sichtbar ab. «Dort hockt der Kerl!», überlegt Leon und mustert das Gestein zwischen ihm und dem Felsenhorst, «Da komm ich hoch!» Sofort suchen seine Finger Halt in Felsritzen. Sobald er sich sicher fühlt, macht er einen Klimmzug und tastet mit den Zehen nach Absätzen im Fels, wo seine Füsse Halt haben. Er findet, was er sucht, und richtet sich dann auf. Nun lässt er seine linke Hand dem Gestein entlang gleiten. Die Fingerkuppen suchen einen neuen Haltepunkt. Nach und nach findet er weitere Griffe und Tritte, an denen er sich sicher festhalten beziehungsweise auf die er drauftreten kann. An einer günstigen Stelle, wo seine Füsse besonders guten Halt haben, legt er eine kleine Pause ein. Er ist schon einige Meter die Wand hochgekommen, doch zum Uhu-Horst sind es sicher noch zehn oder fünfzehn Meter.

«Leee-ooon! Verdammt! Komm da sofort runter!», brüllt eine Stimme unter ihm. Leon blickt unter seiner linken Achsel durch und seufzt: «Kann der nicht einfach pennen…» Der Junge schliesst die Augen und setzt die Stirn an die Felswand. «Mist», murmelt er und klettert bedächtig hinunter. Unten angelangt holt sein Vater zu einer Ohrfeige aus, doch Leon funkelt ihn nur wütend an und brüllt mit einer männlichen Stimme, da er den Stimmbruch schon hinter sich hat: «Schlag mich doch! Ist mir egal. Ich habe Geburtstag und wollte den Uhu sehen! Was ist dabei falsch?» – Dann wandelt sich Leons Gesichtsausdruck innert Sekunden vom trotzigen Bengel zum Unschuldslamm, und er schaut mit einem treuherzigen Blick zu seinem Vater hoch. Patrick verdreht die Augen, atmet schwer aus und senkt die Schlaghand, ohne seinem Sohn auch nur ein Haar zu krümmen. Aber er zielt sogleich mit dem ausgestreckten Zeigefinger auf Leons Nase und schimpft: «Junge, das ist eine verdammte Felswand. Wenn du da runterfällst, bist du platt wie eine Flunder! Und sowas von tot! Kapiert?» Dann packt er Leon mit beiden Händen und drückt ihn an sich. «Umpf», macht der Junge und grinst schelmisch – hat er doch eine Ohrfeige in eine Umarmung verwandelt, *yesss*! Nun ja, dieser Umstand ist wohl weniger Leons Überzeugungskraft geschuldet als seinem Aussehen. Wohin er auch geht, alle sind von Leons Erscheinung fasziniert. Wie kann sich bei einem solchen Schmuckstück von Sohn ein stolzer Vater, sei er noch so erbost, zu einer Körperstrafe hinreissen lassen? Natürlich tanzt Leon seinen Eltern und den meisten Menschen in seiner Umgebung gehörig auf der Nase herum. Wenn er etwas will, setzt er einfach sein unschuldigstes Gesicht auf, und schon schmelzen alle dahin, selbst wenn sie sich vorher noch so fest vorgenommen haben, ihm diesmal die Hölle heiss zu machen.

Patrick packt Leon an der Schulter und befördert ihn mit sanftem Druck in Richtung Kleinbus zurück. «Mama hat was für dich, aber dusche zuerst mal», macht Patrick eine Ansage. Leon salutiert gespielt und geht zur improvisierten Dusche – einem Schlauch, der vom Autodach auf Kopfhöhe herunterhängt. Leon entledigt sich seiner Boxershorts und betätigt den Hahnen, der am Ende des Schlauchs montiert ist. «Argh!», stöhnt er und zuckt zusammen, weil das Wasser eisig kalt ist. Als er sich etwas akklimatisiert hat, greift er zur Seife, die in einer Schale am Boden liegt. Nach weniger Sekunden ist seine Dusche vorbei. In freier Wildbahn ist Wasser schliesslich ein kostbares Gut, da will man nicht zu viel davon verschwenden. Splitterfasernackt geht er um den Bus herum, öffnet die Schiebetür und klettert hinein. Es stört ihn nicht, dass seine Mutter ihn so sieht. Im Schrank sucht er sich frische Boxershorts raus und zieht sie an.

Andrea lächelt, wendet sich zum Fahrersitz und hebt etwas hoch – eine kleine Nusstorte, obendrauf steckt eine bleistiftdünne Kerze, deren Flamme lustig lodert. «Happy Birthday, kleiner Löwe!», gratuliert ihm die Mutter. Und von draussen ertönt eine Bassstimme, die singt: «Happy Birthday, happy Birthday, happy Birthday to You!» Mittendrin stimmt Andrea in Patricks Gesang mit ein, und mit einer Engelsstimme singt sie den Refrain zeitversetzt. Leon wird knallrot.

Als sie das Lied fertig gesungen haben, seufzt Patrick: «Im Angesicht eines Tigers in Indien, in Gewahrsam der kenyanischen Polizei, ein Meter neben einem brüllenden Löwen oder beim Freiklettern an der Uhu-Todeswand – unser Sohn kennt keine Angst, keine Scham, keine Reue, aber wenn man ihn bauchpinselt oder sich wie normale Eltern küsst, möchte er im Boden versinken!» Und der Vater streicht ihm mit einer geballten Faust freundschaftlich über die Wange. Auf Leons Gesicht entsteht ein schiefes Grinsen, und er ist zwischen zwei Gefühlen gefangen: Soll er sich den Eltern um den Hals werfen oder einen dummen Spruch zum Besten geben?

Gerade als er sich für Letzteres entschieden hat, umarmt ihn seine Mutter. Da wird er erneut knallrot, und sein Vater bricht in ein schallendes Gelächter aus. «Bärli, dein Sohn ist vierzehn, in dem Alter wissen die Kids noch nicht so recht, was sie mit ihren Gefühlen anstellen sollen!» – *Bärli*! Leon muss sich arg zusammennehmen, um nicht loszuprusten. Vaters Kosename hat er schon immer etwas peinlich gefunden. Na ja, Hand aufs Herz – der von seiner Mutter ist auch nicht gerade frei von Zweideutigkeiten: *Hasi*. Und er könnte wetten, ihn gleich zu hören, denn sein Vater antwortet: «Ich weiss doch! Aber es ist einfach zu ulkig, wie schnell unser Sohnemann von 0 auf 100 errötet – er ist schneller rot als jeder Ferrari!» – Kein *Hasi*? Leon ist etwas enttäuscht, allerdings auch froh, denn es ist so peinlich und das Gefühl kitzelt dermassen im Bauch, dass er sich ein Lachen nur sehr schwer verkneifen kann. Patrick fügt grinsend hinzu: «Na, gib ihm doch endlich den Geburtstagskuchen, damit er die Kerze ausblasen kann, Hasi!» – Im selben Moment, als Mutters Kosename fällt, macht ein Luftzug der Kerzenflamme den Garaus, und Leon nutzt die Gelegenheit dankbar, um loszuprusten. Die Eltern stimmen ins fröhliche Gelächter mit ein, nichtsahnend, dass nicht die Kerze der Auslöser war.

«Na, was sagst du?», fragt Patrick seinen Sohn, als sich alle von der spontanen Heiterkeit wieder erholt haben, und streckt ihm sein Smartiefon hin. Auf dem Display erkennt Leon ein Motorrad-Modell, das schon Vierzehnjährige fahren können. «Wär dieser Töff was für dich? Damit kommst du schneller als mit dem Velo zur Schule, und du kannst grössere Strecken bewältigen. Wir werden vermutlich öfters hier draussen sein, so kannst du uns besuchen, wenn du wegen der Schule nicht rund um die Uhr mit uns sein kannst.» – Leons Augen weiten sich – ein Mofa! *Wie geil ist das denn*! Sein breites Grinsen verrät Patrick wortlos, dass die Eltern mit der Maschine einen Volltreffer gelandet haben. Jetzt muss Leon bei Schulbeginn aber erst mal die Prüfung dafür machen. Vorher darf er sich nicht an den Lenker setzen. Er ist schon ganz kribbelig. Endlich mehr Freiheit!

Nach einem gemütlich Frühstück hantiert Andrea mit der GPS-Ausrüstung, während Patrick den Abwasch erledigt. Sie versucht, die Luchse zu orten, denen sie schon gestern gefolgt sind. «Heiliger Bimbam, zwei von drei haben das Tal verlassen! Wir hätten uns für einen Hubschrauber statt für einen Kleinbus entscheiden sollen!» – «Sieh es positiv, Hasi, einer ist noch da, dem rücken wir auf die Pelle!» Und an seinen Sohn gewandt fragt er kurz und knapp: «Kommst du mit, Leon?» – Leon zuckt mit den Achseln und druckst herum: «Ich… ich… wollte eigentlich… Lilly besuchen…» – Die Mutter sieht abrupt vom Bildschirm auf und zuckt mit den Mundwinkeln. Der Vater räuspert sich: «Lilly? Meinst du nicht, sie ist etwas weit weg?» – «Glaub ich nicht. Das letzte Mal, als ich sie gesehen habe, war… sie… bei der Jagdhütte…» – «Bei der Jagdhütte, aha!», kontert der Vater mit Erstaunen im Unterton. – «Lass ihn», meint Andrea sanft und streichelt Patricks Unterarm, «er hat sonst keine echten Freunde hier. Arthur ist viel zu weit weg… Er möchte doch so gern.» – «Na gut, nimmst du das Mountainbike oder gehst du zu Fuss?», lenkt der Vater ein, da grinst Leon und antwortet wie aus der Pistole geschossen: «Mountainbike!» – «Dacht ich mir», seufzt Patrick und geht um den Bus herum, um das Velo vom Träger zu nehmen. – «Zieh dir aber was an, Junge. So kannst du nicht zu deiner Freundin gehen», meint Andrea und lächelt. Leon mault etwas, zieht sich dann aber doch ein ärmelloses T-Shirt über und schlüpft in seine coolen neuen Sneakers. Er schnappt sich sein Taschenmesser, aber sein Smartiefon lässt er liegen.

Schnell hüpft er aus dem Bus, schnappt sich das Fahrrad aus Vaters Hand, schwingt sich drauf und prescht mit einem <Bye> los.

Patrick verwirft die Arme: «Was wird wohl aus diesem Draufgänger noch werden! Wir sollten ihn in ein buddhistisches Kloster schicken!» – Andrea lacht laut heraus und meint mit Tränen in den Augen: «Mindestens fünfzig Prozent der Mädchen würden gleich Suizid begehen, wenn sich unser Leon für ein zölibatäres Leben entscheiden würde!» – Patrick schüttelt den Kopf: «Leon würde es sowieso nicht wollen, denn in einem Kloster leben nur Männer. Ausser mit Arthur beschäftigt er sich ja mit keinem einzigen Jungen. Er spielt dauernd nur mit Mädchen, wenn das nur gut geht! Und vor allem hoffe ich, dass die Situation mit Lilly ein gutes Ende findet.» – «Lilly ist etwas anderes», beschwichtigt ihn Andrea, und dann fügt sie zweifelnd hinzu: «Hast du Schiss, dass dein Sohn schwul ist und darum nicht mit Jungs spielen will?» – «Ach Quatsch mit Sosse! Der und schwul, nie und nimmer! Wenn im Fernsehen eine leicht bekleidete Frau zu sehen ist, wird er sofort knallrot, was er bei halbnackten Männern nie wird. Und was mir noch auffällt – er denkt vermutlich wir merken es nicht – ist, dass er nachts oft an sich rumspielt. Nein, da habe ich keine Zweifel, eher die Befürchtung: Der Junge wird mal ein Casanova!», prophezeit Patrick seiner Frau grinsend, und Andrea fügt, sich auf die Lippen beissend, hinzu: «Hoffentlich keiner, der in den Bleikammern von Venedig endet…» Beide lachen, und Patrick küsst sein Frau. Zwischen zwei Küssen flüstert er: «Sollen wir mal, jetzt wo wir sturmfrei haben… der Luchs haut sowieso ab…»

Leon lehnt sein Velo an einen Baum in der Nähe der Jagdhütte. Dann geht er einige Schritte und tritt er auf eine sonnendurchflutete Lichtung hinaus. Leise ruft er: «Lilly! Lilly! Ich weiss, dass du da bist! Komm!» Zuerst tut sich nichts, aber plötzlich erscheint eine Gestalt am Waldrand – anmutig, geschmeidig, vorsichtig. Als Lilly ihn sieht, springt sie fröhlich zu Leon hin und stoppt einen Meter vor ihm. Er blickt tief in ihre rehbraunen Augen. Ihr rostrotes Haar ist nass von Morgentau, sie stellt die Ohren vor und wittert angestrengt. Jetzt schreitet das junge Reh mit hocherhobenen Läufen zu Leon hin. In der Art von Rehen beschnuppern sich beide Nase an Nase. Dann umarmt Leon seine Freundin, und Lilly knabbert zärtlich an seiner Schulter. «Hey, das kitzelt!», lacht Leon und legt dem einjährigen Schmalreh eine Hand auf den Mund. «Weisst du noch…», beginnt Leon zu erzählen, um die kitschigen Gefühle, die in ihm hochkommen, abzuschalten, «als ich dich letzten Herbst gefunden habe, als verwaistes Kitz. Deine Mama ist dem Luchs zum Opfer gefallen. Ich habe dich grossgezogen… Ach, wozu erzähle ich dir das alles, du verstehst mich ja sowieso nicht.» – Lilly schaut ihn mit durchdringenden Augen an und fiept leise. In Leons Kopf formen sich Worte: *Danke, Menschenjunge. Ich verstehe mehr als du denkst.*

3

Ein Fass ohne Boden

Lilly und Leon streifen vergnügt durch Wald und Wiesen. Es ist ein wunderschöner Tag – warm, aber nicht drückend heiss. Die Kühle des Waldes bevorzugen dennoch beide. So dringen sie tiefer und tiefer in ein noch unbekanntes, stark bewaldetes Seitental, also mehr ein Tälchen, denn es ist winzig. Rechts oben talaufwärts entspringt ein Bächlein. Leon und Lilly laben sich am glasklaren Wasser. Leon dreht sich zu Lilly und meint: «Wir sollten wieder runter. Aber weisst du was, wir wechseln die Talseite, vielleicht entdecken wir noch was Spannendes da drüben. Es ist ja nicht weit.» Lilly scheint zu nicken, oder bildet sich Leon das nur ein?

Der Weg zurück wird immer steiniger, zudem müssen sie durch Senken hindurch. Plötzlich bleibt Lilly wie angewurzelt stehen. Leons Bitten, ihm weiter zu folgen, sind umsonst, das junge Reh ist um keinen Preis bereit, einen weiteren Schritt zu tun. Lilly zittert. «Hab keine Angst, ich bin bei dir!», versucht Leon, sie zu beruhigen. Doch es gelingt ihm nicht. Er kneift die Augen zusammen, beisst sich auf die Lippen und raunt: «Nun gut, ich gehe schauen, was dir Angst macht, und verscheuche es!» Entschlossen geht Leon festen Schrittes weiter, Lilly indes fiept angstvoll. Er dreht sich nicht um, denn er will sehen, was ihn da erwartet, um schnell zu reagieren, wenn es nötig sein sollte. Doch nichts geschieht. Alles bleibt ruhig. Lediglich bemerkt Leon einen seltsamen Geruch. Als er eine Böschung hinaufklettert, intensiviert sich der beissende Geruch. Oben angelangt, legt er sich bäuchlings hin und reckt den Kopf, um über die Kuppe hinweg einen Blick in die nächste Senke zu werfen. Leon verschlägt es den Atem: Da unten liegen Fässer mit dem Totenkopfsymbol… und eines davon ist ausgelaufen, der Boden dieses einen Fasses ist weggerostet.

«Scheisse… Scheisse, Scheisse, Scheisse!», flucht Leon in seiner Verzweiflung und springt wie von der Tarantel gestochen auf. Zum ersten Mal in seinem Leben kriecht Panik in ihm hoch. Hier liegen Giftfässer, und er hat sich kontaminiert: Das Gras, die Luft und die Bäume sind verseucht… neben ihm kriecht zu allem Unglück noch ein Alpensalamander vorbei – mit zwei Köpfen. Leon springt hoch, blickt sich gehetzt um und stolpert zurück, an Lilly vorbei in Richtung Bächlein. Er reisst sich, noch bevor er das Wasser erreicht hat, Shirt, Shorts und Schuhe vom Leib. Dann springt er komplett nackt ins Bächlein. Er hat knapp Platz darin. Mit zu einem Gefäss geformten Händen fängt er Wasser auf, um sie an Körperstellen zu bringen, die er nicht vollständig im Bach eintauchen kann. Besonders die Haare wäscht er sich ausgiebig.

Als er sich etwas beruhigt hat, nimmt er mit Lilly den sicheren Weg, den sie beim Aufstieg genommen haben, unter die Füsse. Es macht ihm nichts aus, nackt über Stock und Stein zu wandern. Was sollte er denn auch anderes tun, seine Kleider sind ja kontaminiert, die darf er nicht mehr anziehen.

Zuhause angelangt, staunen die Eltern nicht schlecht, als sie Leon im Adamskostüm erblicken. Lilly bleibt in einigem Abstand zum Wohnmobil stehen. Aufgeregt fuchtelt Leon mit den Armen und schreit: «Da im Seitental ist eine illegale Giftmülldeponie! Ich hab das Zeug überall! Ich werde sterben!» – «Sofort unter die Dusche!», befielt der Vater und rennt um den Bus herum, um schon den Hahnen zu betätigen. Als Leon bei ihm ist, reicht er ihm die Seife. Diesmal leert Leon den Wassertank. Andrea tritt ängstlich zu Patrick heran, ergreift ihn am Arm: «Heiliger Bimbam, sollten wir ihn nicht ins Spital fahren?» – «Wasser ist das beste Dekontaminationsmittel bei chemischen Giften, mehr kann kein Spital tun», versucht Patrick, seine Frau zu beruhigen. Sie ist noch nicht restlos überzeugt und schaut selber im Internet nach – im Gegensatz zum Wassertank ist die Batterie noch nicht leer. Patrick ist etwas indigniert: «Dem Scheissinternet glaubst du mehr als mir?» – «Nein», rechtfertigt sich Andrea, «ich will nur sichergehen. Du hast Recht, Bärli.»

Lilly ist weg. Leon findet es schade, dass er sich nicht hat verabschieden können. Doch die Familie hat andere Sorgen. Patrick ruft bei der Polizei an. Während Leon wieder in den alten Boxershorts von heute Morgen steckt und vor dem Bus genüsslich einen Salsiz verspeist, entgeht ihm nicht, dass sein Vater alle Hände voll zu tun hat, die Polizei davon zu überzeugen, dass sie Fachleute zum Fundort der Fässer schicken sollen. Vermutlich kann niemand glauben, wie solch schwere Fässer in ein Tal ohne Zufahrtsstrasse gelangen können. Als er das Gespräch beendet hat, brüllt Patrick wie ein Ochse: «Die Bullen wollen es nicht wahrhaben! Die sagen, unser Sohn hätte schon letzten Winter mit der Meldung vom Wolf in den Gassen von Chur für genug unnötigen Aufruhr gesorgt! Meine Gott, diese verdammten Ignoranten!» – «Da WAR ein Wolf», grunzt Leon sauer, weil es wieder in ihm hochkommt, dass man ihm damals nicht geglaubt hatte, «Ich kann doch einen Wolf von einem Hund unterscheiden, bin doch nicht blöd, Mann!» Andrea legt ihm eine Hand auf die linke Schulter und spricht beruhigend: «Was die Leute nicht nachvollziehen können, darf es nicht geben.»

Patrick kickt in einen Stein, der eine kleine Böschung hinunterrollt. Da geht in Leon ein Licht auf: «Rollend! Die Fässer sind rollend dorthin gelangt!» – «Quatsch mit Sosse, Junge! Überleg mal logisch: Das Terrain ist uneben. Da kommst du nicht weit. Es gibt nur zwei Möglichkeit: aus der Luft oder via Tunnel.» – Leon frohlockt: «Wir finden das heraus, dann glaubt uns die Polizei!» – Sein Vater zieht beide Augenbrauen hoch und seufzt: «Auch das noch, wir haben echt keine Zeit dafür! Uns rennen die

Luchse davon, und jetzt sollen wir lecken Giftfässern auf den Grund gehen? Das müssen doch die verdammten Behörden tun! Und ich dachte, wir lebten früher in Bananenrepubliken! Diese hier ist aber die grösste von allen!» – Andrea kratzt sich am Kopf, versucht aber, bevor sie sich an eine Fässerproblemlösung wagt, ihren erzürnten Mann herunterzuholen: «Stopp! Päde! Jede Nation hat ihre Schwachpunkte. Wir haben gerade einen Schwachpunkt der Schweiz erwischt. Aber dafür kannst du hier leben, ohne dass du dauernd Schiss haben musst, dass dich irgendwelche Rebellen oder Paramilitärs foltern und erschiessen... Also, was wir tun können, ist einfach: im Internet nachforschen, ob Höhlen, Schächte, Gruben oder Tunnels im Berg existieren. Den Luftweg erachte ich nämlich als unmöglich. Wenn Helikopter hier geflogen wären, wäre das... aufgeflogen.» – Leon ist immer mal wieder überrascht, wie gut seine Eltern harmonieren. Ist die eine Hälfte ausser Rand und Band, kann die andere sie beruhigen und umgekehrt. Ein gutes Team! Und das müssen sie auch sein, denn sie leben und arbeiten seit sie ein Paar sind, seit rund siebzehn Jahren, also noch vor Leons Geburt, tagtäglich miteinander, und das oft auf engstem Raum!

«Okay, du hast Recht, Hasi!», stöhnt Patrick und verwirft die Hände, «Im Internet finden wir vielleicht etwas, ohne uns der Gefahr auszusetzen, vergiftet zu werden.» – Andrea lächelt leicht, während sie schon nach Bodenkarten, historischen Bergwerken oder Vermessungsprotokollen dieser Gegend sucht. Patrick indes macht sich mit zwei Kanistern auf, Wasser von einer nahen Quelle zu holen, um ihren leeren Tank zu füllen. Leon verschlingt den letzten Bissen seines Salsiz und schnappt sich seinen Laptop. Ein verpasster Anruf in Abwesenheit und eine Chatnachricht von Arthur: *WTF are you doing, bro*?

Leon hat vor, Arthur heute Abend zurückzurufen. «Heiliger Bimbam!», ruft Andrea aus, «Diese Berge sind ja von Stollen geradezu durchlöchert! Sogar bei Felsberg, wo wir wohnen, hat es ein stillgelegtes Bergwerk – stellt euch vor, eine ehemalige Goldmine!» – Leon dreht sich verdutzt nach Andrea um, die wie ein Honigkuchenpferd grinst. «Und hier in diesem Scheisstal?», bohrt Patrick nach, als er gerade mit einer Ladung Wasser auftaucht. Andrea verdreht die Augen: «Ich bin doch erst am Anfang meiner Suche, aber wenigstens wissen wir, dass Bergwerksstollen nichts Ungewöhnliches sind in dieser Gegend. Es sind vor allem Blei-Erze, nach denen gegraben wurde. Gold soll es in Graubünden nur im Vorderrheintal geben, aber lediglich vereinzelt, was uns einen Gold-Rush à la USA erspart hat!»

Während Andrea online nach Bergwerksstollen fahndet, versucht Patrick, das GPS-Signal jenes Luchses wiederzufinden, der sich bis heute Morgen noch in diesem Tal aufgehalten hat – erfolglos. «Das Scheissviech hat sich verdünnisiert! Mist!», flucht er, klappt den Laptop zu und verschwindet im Bus. Von drinnen hört man ihn rufen: «Ich mach jetzt Abendessen, jemand Hunger?»

Leon gibt seiner Mutter, die vor dem Camper sitzt und ihm zugewandt ist, ein Handzeichen. Andrea bejaht dann die Frage für sich und ihren Sohn. Leon hat sich etwas abseits an einen Baum gelehnt und sucht nun seinerseits im Internet nach Hinweisen zu unterirdischen Gängen. Das WLAN-Signal seiner Eltern reicht knapp zu ihm herüber. Zuerst findet er nur, was schon seine Mutter entdeckt hat. Doch dann kommt ihm eine Idee: *Man muss auf der anderen Seite des Berges suchen, der kürzeste Weg ist der wahrscheinlichste Zugang – niemand führt lange Transporte im Berg durch, schon gar nicht mit Giftfässern. Was befindet sich hinter dem Berg*?

«Meine Fresse, da liegen ja Liechtenstein und Österreich!», entführt es Leon, und er grübelt halblaut vor sich hin: «Kann das sein, dass von dort der Giftmüll kommt? Nein. Da gibt es keine Strassen bis zur Schweizer Grenze. Das ist irgendwie nicht möglich. Die Fässer MÜSSEN auf einer Strasse bis zum Bergwerk gelangt sein – wenn es überhaupt ein Bergwerk gibt, das zu diesem wilden Tal führt…» Leons Hirn überhitzt langsam. Er ist überhaupt nicht der Kopfmensch, er will lieber anpacken. Hingehen und den Boden untersuchen, das wäre sein Ding. Aber halt! Arthur ist so ein <Digital Native>, der jeden Mist im Internet findet. Zufrieden mit sich und seiner Lösung, das Problem an seinen Kumpel in Nairobi zu delegieren, klappt er den Laptop zu und begibt sich zum Campingtisch vor dem Bus.

Gutes Timing! Sein Vater kommt gerade mit einer riesigen Rösti heraus. Dazu gibt es Spiegeleier, die allerdings noch gebraten werden müssen. Da die Familie nur über eine einzige Herdplatte verfügt, erfolgt dies nacheinander. So wird die Rösti fast kalt, bis endlich die Eier dazukommen. Leon muss sich arg zusammennehmen, um sich nicht jetzt schon ein Stück der Rösti zu sichern und einzuverleiben. Die Salsiz von vorhin hat ihn nicht wirklich lange satt gemacht. Als die Familie endlich vereint am Campingtisch sitzt und sich das Mahl schmecken lässt, verliert niemand ein Wort über das Giftmüll-Problem. Schliesslich will man sich ja den Appetit nicht verderben.

Als seine Eltern schon bettreif sind, schnappt sich Leon sein Laptop und will sich gerade wieder zu seinem Lieblingsplätzchen unter dem Baum begeben, da ermahnt ihn sein Vater: «Du solltest auch mal schlafen! Dauernd hockst du abends im Chat mit Arthur.» – «Ich kann vor Mitternacht eh nicht pennen, Dad», entschuldigt sich Leon. – Patrick kontert: «Mit Mitternacht wäre ich ja schon zufrieden, aber du bist regelmässig bis zwei oder drei Uhr morgens online, das...» – Andrea unterbricht ihn und flüstert ihrem Gatten etwas ins Ohr, was ihm sehr gefallen muss. Patrick grinst nämlich und hebt eine Augenbraue: «Ich kann's kaum erwarten, Hasi!» Mit einem von beiden Elternteilen gleichzeitig ausgesprochenen <Gute Nacht> ziehen sich Leons Eltern ins <Schlafzimmer> zurück.

«Hi, Bro, wo hast du gesteckt?», meldet sich Arthur akustisch, und wenige Sekunden später erscheint das Bild der Summ-Session. Ein Junge mit einem runden Gesicht, vielen Sommersprossen auf den Wangen, dunklen Augen und schwarzen, kurzen Haaren grinst in die Kamera seines Bildschirms. Er steckt in einer Schuluniform und trägt sogar eine Krawatte. «Argh, das würde mich umbringen, wenn ich sowas anziehen müsste, was du da trägst! Das ist textile Körperverletzung, Bro!», stöhnt Leon, und Arthur lacht heiser. Der junge Brite ist gerade im Stimmbruch. Leon wechselt schnell das Thema und kommt sofort auf den Punkt. Er erzählt seinem Freund von der Entdeckung, die er heute gemacht hat.

Leon beendet seinen Bericht mit den Worten «…und da entdeckte ich knallgelbe Fässer mit Schädel und gekreuzten Gebeinen drauf!» – «Was steht auf den Fässern?», bohrt Arthur nach, doch Leon zuckt mit den Schultern: «Ein Totenkopf eben, hab ich doch gesagt! Was sonst soll denn draufstehen?» – «Hey, Bro, Fässer haben typische Signaturen! Anhand derer findest du raus, wer sie hergestellt hat. Du bist mir ein Anfänger!», tadelt ihn Arthur. Das findet Leon aber nicht die feine englische Art, und er kontert: «Stosse du mal auf sone Deponie und behalte kühlen Kopf! Ich wollte mich einfach so schnell wie möglich aus dem Staub machen, um nicht noch mehr von dem Giftmüll einzuatmen oder über die Haut aufzunehmen. Wer weiss wie übel das Zeug ist, vielleicht macht das zeugungsunfähig!» – Arthur lacht nur und erwidert: «Zeugungsunfähig ist doch super, da kannst du… ähm Dings… ähm… was das Zeug hält, und niemals hast du uneheliche Kinder…» – «Eheliche dann aber auch nicht!», ist Leons Retourkutsche, und er zeigt seinem Kumpel den Mittelfinger. – «Selber!», zischt Arthur mit zugekniffenen Augen und zückt beide Mittelfinger. Dabei müssen die Freunde laut und herzhaft lachen.

Leon wird schnell wieder ernst und fragt seufzend: «Hilfst du mir, ich komm nicht weiter… Ich will herausfinden, auf welchem Weg die Fässer in das kleine Tal gelangen konnten. Aber da führt keine Strasse hin, weder von der Schweiz, noch von Liechtenstein, noch von Österreich her. Und sooo lange Bergwerksstollen gibt es einfach nicht…» – Arthur kratzt sich am Kopf und meint: «Ich überlege mir was… Hmm, private Seilbahnen für den Gütertransport vielleicht? Du kannst das Zeug am Grat oben einfach runterdonnern lassen. Solche Seilbahnen sehen sehr unspektakulär aus – so schwebende Kisten ohne Deckel. Und ihre Spannseile sind meist nur in den Flugkarten der Rettungshelikopter verzeichnet.» – «Neee, passt nicht. Wenn du dort was runterwirfst, dann hat das Beulen ohne Ende. Die Fässer sind nicht zerbeult, nur durchgerostet. Die sind sachte dort abgelegt worden», widerlegt Leon Arthurs Idee. – «Dann die Armee! Im Zweifelsfall war's immer die Armee!», stellt Arthur eine neue Hypothese auf, doch Leon seufzt: «Gift in der Armee? Alte Munition ja, aber Giftmüll, neee.» – «Oh Mann, Bro, alte Munition kann sehr wohl giftig sein!», verteidigt der Brite seine Armee-Hypothese, doch irgendwie kann er Leon nicht überzeugen. «Du hast ja nicht in die Fässer reingeschaut, wie kannst du so sicher sein, dass keine Munition drin ist?», bohrt Arthur nach. – «Weil es keinen Sinn ergibt. Alte Munition ist meist in Kisten in einem See versenkt oder in einem Stollen gebunkert worden. Wer füllt Giftmüllfässer mit Munition? Das ist viel zu aufwändig!», bringt Leon seine Argumente auf den Tisch, «Nein, da ist was Flüssiges oder Pulverförmiges drin. Bestimmt!»

Beide machen eine kleine Pause und überlegen hin und her. Arthur spricht als Erster wieder: «Nach was roch es am Rande der Deponie?» – Leon verdreht die Augen und stöhnt: «Meine Fresse! Was weiss ich, es stank chemisch, so wie im Chemielabor in der Schule, wenn ein Versuch in die Hose gegangen ist… so halt.» – Arthur bohrt nach: «Ja, aber ich meine… also… etwa nach faulen Eiern… oder so?» – «Du gehst mir auf den Sack mit deinen Eiern!», nervt sich Leon, doch diese Aussage tut ihm in der nächsten Sekunde schon wieder leid und er entschuldigt sich sogleich. Darauf antwortet Arthur aber nur kurz und knapp: «Schon ok. Muss pennen, Bro. Ich melde mich, wenn mir was einfällt.»

4

Eine folgenschwere Entscheidung

Am nächsten Morgen packen Leons Eltern zusammen. Sie müssen das Tal verlassen, weil alle Luchse weitergezogen sind. Beim Frühstück erschrickt Leon und stammelt: «Mein Ma-Ma-Mountainbike ist noch bei der Jagdhütte. Mu-Muss es noch holen.» Er schielt mit eingezogenem Kopf zu seinem Vater, der den Ärger darüber runterschluckt. Er weiss ja, dass Leon einfach nur weg wollte nach dem Fund der illegalen Deponie. «Wir fahren eh an der Hütte vorbei. Wir halten kurz, dann kannst du das Velo holen, aber dalli-dalli, gell!», gibt sein Vater mit einem genervten Unterton den Tarif durch. – Leon entspannt sich und nickt erleichtert. *Uff*!

Andrea bringt im nächsten Moment den frisch zubereiteten Kaffee, wodurch sich Patricks Laune deutlich bessert. Auch Leon nimmt sich etwas Kaffee, verdünnt ihn aber mit sehr viel Milch – macht also Latte macchiato. Das Frühstück ist aber alles andere als entspannend, denn kaum hat Patrick seinen Kaffee getrunken und sein belegtes Brot verdrückt, räumt er den Rest des Haushalts, der noch draussen steht, in den Bus. Leon erhascht Mutters Gesichtsausdruck – sie verdreht die Augen. Was sie schon immer hasste ist Hast, Eile oder Stress. Sie ist die deutlich Gechilltere von beiden Elternteilen, wenn es um Alltagsabläufe geht. Nur in kritischen Situationen wird auch Andrea hektisch. Dann aber wechselt Patrick meistens den Modus und mutiert dann zum Rettungsanker in der Not. Leon hat von beiden Elternteilen etwas davon geerbt. Er ist im Alltag meist gechillt wie seine Mutter, verliert jedoch in bedrohlichen Situationen wie sein Vater selten den Kopf.

Als alles rutschsicher im Camper verstaut ist, übernimmt Leon wie immer die Aufgabe, um das Wohnmobil herumzugehen und Dinge einzusammeln, die den Blicken seiner Eltern entgangen sind. Meist liegt irgendwo noch ein Löffel, ein USB-Stick oder etwas, das in den Müll gehört. Leons Adleraugen entgeht nichts. Patrick betitelt seinen Sohn mit <visueller Staubsauger>. Und wenn der durch ist, dann steht einer Abfahrt nichts mehr im Wege.

Den Stopp bei der Jagdhütte, um sein Mountainbike abzuholen, nutzt Leon, um auf Lillys Lichtung zu gehen und sie zu rufen. Das Schmalreh ist sofort wieder zur Stelle wie am Vortag. «Wir müssen weiter, Lilly, aber ich komme bald wieder. Ich kriege einen Töff, damit bin ich viel schneller bei dir», erklärt er dem Schmalreh, das mit dem anmutigen Köpfchen nickt – oder meint er nur, dass sie genickt hat? Leon wird warm ums Herz, er umarmt Lilly und verabschiedet sich. Sie fiept leise und scheint traurig, dass die Begegnung nur so kurz gedauert hat. «Bin bald wieder bei dir, versprochen!» – *Ich weiss*, scheint sie zu antworten, oder bildet er sich das bloss ein?

Als die Familie schon fast aus dem Tal draussen ist, Leons Fahrrad gut montiert in der Halterung am Heck des Busses, platzt der linke Vorderreifen des Campers. Patrick ruft aus wie ein Wald voller Affen, flucht was das Zeug hält und springt aus dem Wagen. Mutter und Sohn bleiben drinnen, denn den Vater muss man in einer solchen Situation einfach mal fluchen lassen. Patrick kickt wütend gegen die linke vordere Felge, schreit dann aber vor Schmerzen auf – Felgen entscheiden gewöhnlich jede Kickbox-Runde für sich! – Andrea unterdrückt ein Grinsen und flüstert zu Leon, der hinter ihr sitzt: «Dein Vater ist der wunderbarste Mann auf dieser Welt, aber mit Pleiten, Pech und Pannen kommt er einfach nicht klar…» – Leon setzt ein schiefes Grinsen auf und entfernt seinen Sicherheitsgurt. Doch als er aufsteht, um seinem Vater zu helfen, hält ihn die Mutter zurück: «Lass ihn, er ist zu genervt. Dass die Luchse weggezogen sind macht ihn nervös. Wir könnten wichtige Erkenntnisse verpassen, fürchtet er, wenn wir nicht auf deren Fersen bleiben können. Ist aber Schwachsinn, deren GPS-Halsbänder übermitteln uns deren Position selbst dann, wenn wir meilenweit weg sind – das ist ja das Gute an der modernen Technik. Geht alles über Satelliten.» – Leon stutzt: *alles über Satelliten*! *Hmm, so ein Halsband schnapp ich mir bei Gelegenheit, damit könnte man überwachen, wie die Fässer ins Tälchen gelangen… Wenn Arthur herausfindet, wer die Fässer herstellt und an wen verkauft, dann müsste man nur einen der Sender in so einem Fass anbringen*, überlegt Leon.

Der Radwechsel zieht sich in die Länge. «Verdammte Scheisse!», flucht Patrick. Jetzt muss er auch noch den Pannendienst kommen lassen, weil das Reserverad, dass er auf die Felge aufgezogen hat, schon beschädigt ist – die Luft, die er reinpumpt, entweicht sofort wieder. Und es herrscht jetzt richtig dicke Luft bei den Inderbitzins. Mutter und Sohn vermeiden es, Patrick anzusprechen.

Schliesslich flüstert Leon seiner Mutter ins Ohr: «Ich geh zurück, Lilly besuchen. Ich kann hier ja eh nicht wirklich helfen. Falls ihr fertig seid, bevor ich zurück bin, ruf mich aufm Smartiefon an. Ihr müsst nicht warten, ich radle euch einfach hinterher, ok?» – Seine Mutter nickt, ermahnt ihn aber, sich leise aus dem Staub zu machen, und fügt hinzu: «…und vergiss diesmal dein Handy nicht!» – Sein Vater wäre in der jetzigen Verfassung nicht sonderlich erfreut darüber, dass sein Sohn Leine zieht. Bevor Leon sich aus dem Bus schleichen kann, wirft ihm Andrea ein schon benutztes T-Shirt zu, das über der Kopflehne des Beifahrersitzes gehangen hat. Leon verzieht leicht das Gesicht, denn in der Natur ist er lieber oben ohne. Seiner Mutter zuliebe zieht er es an.

Leons Velo ist ganz aussen auf dem Halter fixiert, so lässt es sich schnell und leise runterholen. So geräuschlos wie möglich radelt er davon. Wieder stellt er sein Fahrrad bei der Jagdhütte ab und geht zu Fuss weiter. *Ich sollte barfuss gehen, meine alten Sneakers sind mir zu klein*, überlegt Leon, verwirft diese Idee aber schnell, da er für sein heutiges Unterfangen einen Fussschutz braucht.

Zuerst das Vergnügen, dann die Arbeit, setzt Leon die Prioritäten. Bei Lillys Lichtung angelangt, reagiert niemand auf sein Rufen. Leon atmet tief ein und klopft sich mehrmals auf die Brust, als wolle er sich Mut machen. «Okay, dann doch zuerst die Arbeit! Ganz ruhig», spricht er zu sich selber, «Ich gehe jetzt allein zu diesen Fässern. Ich halte Abstand und mache Fotos mit dem Zoom meiner Smartiefon-Kamera. So kann Arthur die Fässer später identifizieren. Und ich halte nach Tunneleingängen Ausschau.» Leon atmet schwer und schliesst die Augen. Mit einem «Okay, los!» setzt er sich in Bewegung.

Unterwegs hört er ein Fiepen. Ein Tier wirkt gestresst. «Lilly? Bist du es?», ruft Leon, doch da verstummt das Rufen. Leon verlässt den Pfad, den er eingeschlagen hat, und wendet sich in jene Richtung, woher das Rufen gekommen ist. Nach ein paar Minuten bleibt er stehen und sucht die Umgebung nach Tieren ab. Als er sich umdreht, erschrickt er fürchterlich: Lilly steht vor ihm! Er hat sie nicht bemerkt. Leon geht auf die Knie und lacht herzhaft. «Hast DU mich erschreckt!», spricht er zu ihr, doch er nimmt keine Antwort wahr. Sie scheint auch gestresst zu sein. Ihre Augen sind weit aufgerissen, ihr Fell gesträubt. Sie zittert. «Lilly? Was ist los mit dir?», fragt Leon fürsorglich und umarmt sie. In diesem Moment spürt er es auch. Irgendetwas oder irgendjemand ist in der Nähe, aber unsichtbar. Nur ein intensiver, moschusartiger Geruch liegt in der Luft. Kalter Schauder läuft Leons Rücken hinunter. Er löst die Umarmung und schaut sich gehetzt um. Seine rechte Hand krallt sich an seinem Shirt fest, die linke verkrampft sich in den Boxershorts.

Nach einigen Minuten quälenden Wartens raschelt es im Gebüsch, und eine imposante Erscheinung tritt aus der Vegetation hervor. Sein Haar scheint leicht zu dampfen, als käme er frisch von einem Kampf. Der Blick zeigt männliche Entschlossenheit. Er stampft mit einem Vorderlauf auf den Waldboden und wippt leicht mit dem Kopf, so dass die blanken Enden seines starken Geweihs wie gezückte Dolche aufblitzen. Leon entspannt sich: Der vermeintliche Waldgeist ist lediglich ein Rehbock – ein sehr starker und schöner obendrein. Zu Lilly gewandt meint Leon lächelnd: «Du hast einen Verehrer!» – Leons Entspanntheit beruhigt auch das Schmalreh, das seine erste Brunft erlebt. «Keine Angst, Lilly. Er wird dir nichts tun. Bei Rehen geben die Weibchen den Takt vor. Stehst du still, wartet er einen Moment ab, was als nächstes geschieht. Läufst du sofort wieder weg, folgt er dir. Und so weiter, bis du bereit bist. Dann stehst du still und lässt ihn machen. Das kommt schon gut, Lilly.» Beim zweitletzten Satz ist Leon knallrot geworden.

Im nächsten Moment dreht Lilly elegant ab und trottet mit federleichten Schritten davon. Der Rehbock beäugt misstrauisch Leon, der immer noch auf dem Boden kniet. Doch die Anziehung zu Lilly ist stärker als die Angst vor einem Menschen, so folgt der Rehbock seiner Auserwählten. Lilly bleibt stehen, schielt über ihre rechte Schulter zum Bock, der nun ebenfalls im Lauf erstarrt. Dann geht sie weiter, er folgt ihr wieder. Sie beschreibt einen Kreis, und er tut es ihr gleich. Er kommt ihr immer näher, bis schliesslich seine Schnauze ihren Rücken berühren kann. Lilly äugt zu Leon, der nur nickt. Lilly setzt sich in Bewegung – sie ist noch nicht soweit. Das Liebespaar verschwindet im Wald. Leon kommt wieder auf die Beine und legt die rechte Hand in den Nacken. Ihm entfährt ein «Wow».

Leon schlägt wieder den Pfad zur Deponie ein. Sein Herz schlägt ihm bis zum Hals. Zum ersten Mal in seinem Leben hat er Todesangst. Doch er hat auch ein Umwelt-Gewissen. Er verabscheut Menschen, die ohne mit der Wimper zu zucken die Natur verschandeln, vergiften oder ganz zerstören. Leon findet, dagegen müsse man etwas unternehmen. Er hat zwar noch nie an einer Demonstration teilgenommen. Aber er stellt sich im Alltag stets energisch gegen jene, die die Umwelt verschmutzen. Leon ist ein Aktivist der Tat und nicht der Worte.

Leon erreicht das Bächlein, in welchem er sich behelfsmässig dekontaminiert hat. Etwas weiter weg findet er die Schuhe, das

Shirt und die Shorts, die er gestern getragen hatte. *Man sollte das alles nicht dort liegen lassen*, kommt es ihm in den Sinn. Doch wenn er die Sachen an sich nimmt, kontaminiert er sich wieder. So lässt er alles dort liegen. Und diesmal überlegt er sich gut, wie er möglichst wenig mit dem Gift in Berührung kommt. Seine alten Schuhe wird er wohl entsorgen müssen, was ihm allerdings nichts ausmacht, denn sie sind ihm ja eh zu klein. Aber wenn er nicht auf dem Boden herum robbt, ist seine jetzige Bekleidung zu retten.

Leon mustert den Hang, der steil den Berg hinauf führt und an wessen oberem Ende die Schweizer Grenze zu Liechtenstein und Österreich liegt. Seine scharfen Augen können nichts erkennen – keinen Höhleneingang, keine Waren-Seilbahn, nicht einmal Schleifspuren. «Meine Fresse! Wie zum Geier sind diese depperten Fässer hierher gelangt!», grübelt Leon halblaut, «Die Schmutzfinken sind sicher nicht so dumm und kriechen direkt in die Deponie hinein. Wenn ein Tor zu einem Tunnel hier vorhanden ist, müsste es OBERHALB der Deponie zu finden sein – knapp oberhalb. Aber verflixt und zugenäht, ich sehe da oben nichts!»

Leon seufzt und will gerade zum nächsten Teil seines Plans übergehen: die Fässer fotografieren. Doch da hört er ein leises metallisches Geräusch. Er erstarrt zur Salzsäule. Doch so angestrengt er auch versucht, die Geräuschquelle ausfindig zu machen, es gelingt ihm nicht. Das kleine Seitental ist so eng, dass jedes Geräusch wirkt, als käme es gleichzeitig von vorne, von hinten und von den Seiten. Leon langt sich mit beiden Händen an die Ohren und setzt ein gequältes Gesicht auf – es bringt ihn fast um den Verstand: Er hört dauernd ein Klicken, kann es aber einfach nicht lokalisieren.

Nach ein paar Sekunden herrscht wieder Totenstille um Leon. Er atmet auf und kratzt sich am Kopf. «Fässer fotografieren!», befiehlt er sich selber und besteigt den kleinen Hügel vor der Deponie. Doch der Löwe bleibt auf halber Höhe stehen und reckt sein Smartiefon in die Höhe. Auf gut Glück schiesst er ein paar Bilder. Sobald er das Display wieder vor sich hat, besieht er sich sein Werk: Die Fässer sind zwar nicht mittig auf den Fotos, aber man erkennt das Gefahrenlogo und eine Zahlenreihe im unteren Bereich der Fässer. «Das muss Arthur reichen!», kommentiert Leon seine Ausbeute, und im nächsten Moment beeilt er sich, die vergiftete Umgebung so schnell wie möglich zu verlassen, ohne dabei zu stolpern oder etwas anzufassen. Darüber hinaus versucht er, möglichst flach zu atmen, um allfällige giftige Dämpfe nicht in die untersten Lungenbereiche einzusaugen.

Endlich ist er weit genug entfernt, um sich wieder etwas zu entspannen. Leon ist heilfroh, dass sein zweiter Ausflug in dieses Tälchen gut über die Bühne gegangen ist. Gerade als er sich selber beglückwünschen will, Köpfchen bewiesen zu haben, rutscht er aus, fällt auf den Allerwertesten und lässt vor Schreck sein Smartiefon fallen. Das Gerät überschlägt sich am Boden drei Mal und landet etwas abseits sanft auf einem Moospolster. Leon flucht leise, rappelt sich auf und holt sich mit einer bösen Vorahnung sein Smartiefon zurück. Doch seine Befürchtungen sind unbegründet, das Gerät funktioniert noch – trotz der paar Kratzer, die es abbekommen hat. Er steckt es vorsichtshalber in die Gesässtasche seiner Boxershorts. Und er streift sich die Schuhe von den Füssen, indem er jede Ferse – eine nach der andern – gegen einen Baumstumpf hält und den Fuss aus dem Schuh zieht. *Hätt ich fast vergessen, die sind ja kontaminiert*, stellt Leon fest.

Bevor Leon das Tal verlässt, schaut er sich etwas um. Er wechselt die Talseite, was ihn lediglich etwa zehn Minuten kostet. Durch's Gebüsch entdeckt er ein Seil. Leon schluckt leer: *die Seilbahn*! Doch als er näher geht, entpuppt sich das vermeintliche Seil als ein quer liegender, entrindeter Stamm eines jungen, abgestorbenen Baums. Die Witterung hat den Stamm ganz grau werden lassen – von weitem wirkte es wie das Lastseil einer Warentransport-Seilbahn. Leon grunzt: «Wäre zu schön gewesen!» Doch dann hört er wieder dieses metallische Geräusch, diesmal etwas lauter. Leon erkennt jetzt, aus welcher Richtung es kommt. Nach ein paar Schritten in Richtung einer Felswand findet er… den beinahe von Wurzeln zugewachsenen Eingang zu einem alten Stollen.

Leon bricht ein paar der dünneren Wurzeln weg, die dickeren drückt er zur Seite, um sich in den Tunnel zu quetschen. «Boah, da kommt niemand mit Fässern durch! Weder rein noch raus!», ist sich Leon sicher, doch der Stollen weckt seine Abenteuerlust. Er schreitet in gebückter Haltung ein paar Meter hinein… als der Eingang in sich zusammenstürzt.

5

Der Weg ist versperrt

Leon aktiviert die Taschenlampenfunktion seines Smartiefons, um im stockdunklen Tunnel etwas zu sehen. «Da könnte ich mich rausgraben», vermutet er, doch das Risiko, dass noch mehr Erde nachrutscht und ihn lebendig begräbt, möchte er nicht eingehen. Deshalb schaut er nach, ob er hier unten Empfang hat, um Hilfe anzufordern – Fehlanzeige, kein Netz. «Fuck!», brüllt Leon, da widerhallt es im Tunnel: ACKACKACKACKACK!

«Denk nach, denk nach!», versucht sich Leon zu motivieren, eine kluge Lösung für sein Problem zu finden. Mit dem Smartiefon leuchtet er den Tunnel vor sich aus und erkennt, dass Schienen darin verbaut sind. In einer Nische, ein paar Schritte weiter im Stollen drinnen, erkennt er die Umrisse eines Wagens – einer so genannten Lore, im Prinzip ein kippbarer Eisenbahnwaggon, nur sehr viel kleiner und einfacher gefertigt als seine grossen <Verwandten> bei der SBB.

Leon stellt das Smartiefon so hin, dass er im Licht des Geräts die Lore auf die Schienen hieven kann. Das gelingt ihm problemlos, aber da will der Wagen schon davonrollen. Während er mit der rechten Hand die Lore zurückhält, fischt er mit der linken sein Smartiefon vom Boden. Er schwingt sich danach in die Lore hinein, dessen Kippvorrichtung blockiert zu sein scheint. Leon lässt sich von der Lore tiefer ins Bergwerk fahren. Da es leicht abschüssig ist, geht das von selbst. Fasziniert leuchtet er mit seinem Smartiefon um sich herum. Teilweise schimmern erzhaltige Gesteinsadern metallisch von den Wänden. Manchmal liegt noch Werkzeug von damals herum. Es fühlt sich an wie eine Zeitreise. *Ich würde gerne mal in der Zeit reisen, das muss cool sein, vergangene Jahrhunderte zu erleben, mal ein Ritter sein*, schwelgt Leon in abenteuerlichen Tagträumen im Tagebau-Stollen.

Plötzlich nimmt die Lore Fahrt auf. Leon beisst sich auf die Lippen und schaut sich gehetzt im und am Wagen um, ob irgendwo eine Bremse montiert ist – Fehlanzeige. Leon wird es mulmig zumute. Weil er sich ruckartig bewegt, erweckt er den eingerosteten Kippmechanismus zu neuem Leben. Die Lore <spuckt> den Jungen regelrecht seitlich aus. «Umpf!», macht der Löwe, als er auf dem harten Boden neben den Schienen landet. Er versucht, sein Smartiefon vor dem Aufprall zu schützen. Beim Fallen holt sich Leon einige Schürfungen. Während die Lore in einem Affentempo aus Leons Blickfeld verschwindet, setzt sich der <ausgesetzte Passagier> zuerst einmal hin und atmet tief durch.

«Mist, der Akku ist auf 20%!», jammert Leon, «Auch das noch! Schnell raus hier!» Er rennt den Schienen entlang in jene Richtung, wo die Lore verschwunden ist. Da hört er es wieder, das metallische Geräusch, diesmal sehr laut. Nach einer Weggabelung sieht er Tageslicht in den Tunnel eindringen – nicht viel, aber doch ein bisschen. Der <Gefangene> hastet in jene Richtung und blickt in einen Seitentunnel, der eindeutig nach draussen führt. «Yeehaa!», bricht es aus ihm heraus, und er geht in die Knie. Leon atmet schwer, ein ganzer Felsbrocken fällt ihm gerade vom Herzen. Er lacht vor Erleichterung.

Empfang hat er noch keinen, aber zumindest sitzt er an einem weiteren Ausgang des Bergwerks. Schnell kriecht er eine nicht allzu steile, kurze Rampe zum Eisengitter am Tor hoch. Und um Akku-Kapazität zu sparen, schaltet er die Taschenlampe aus. Jetzt hofft er auf eine rasche Heimkehr. Doch eine schnelle Rettung wird es nicht, denn das Tor ist verschlossen. Enttäuschung und Verzweiflung kriechen erneut im Vierzehnjährigen hoch. «Cool bleiben!», versucht er sich zu beruhigen. Geistesgegenwärtig streckt er den einen Arm mit dem Smartiefon in der Hand durch die Gitterstäbe hindurch, um zu schauen, ob er so Empfang hat – erneut Fehlanzeige. Dafür macht er einige Selfies von sich und dem verschlossenen Tor. Sobald er die Hand mit seinem Smartiefon wieder zurückgezogen hat, schaut er sich die Bilder an, um herauszufinden, wie man das Tor öffnet. Da ist eindeutig ein Schloss zu seiner Linken. Leon rupft ein paar Wurzeln weg, um das Metall freizukriegen. Dabei verursacht er das metallische Geräusch, das er schon zuvor gehört hat. Das Gitter hat nämlich etwas Spiel, und wenn es aus irgendeinem Grund hin und her wackelt, ertönt ein metallisches Klopfen oder Klicken.

«Was zum Kuckuck versetzt dieses schwere Eisengitter bloss in Bewegung? Wind? Wohl kaum...», grübelt er, aber dann wird ihm alles klar, als sich ein Fuchs mitsamt seiner Beute, einem toten Hasen, durch die Gitter zwängt. Weil er es nicht in einem Zug schafft, bringt er immer wieder das Eisengitter zum Zittern – so entsteht das Geräusch. Leon ist total verblüfft, dass der Fuchs ihn keines Blickes würdigt, obwohl er wenige Zentimeter an Leon vorbei muss. Ist sich Meister Reinecke so sicher, dass hier keine Menschen sein können, dass er jegliche Vorsicht über Bord wirft? Leon grinst und blickt dem Fuchs hinterher, der zielstrebig im Tunnel verschwindet. Im nächsten Moment ertönt ein mehrstimmiges Japsen aus dem dunklen Bergwerk. «Das ist eine Fähe, sie hat Junge», lächelt Leon, doch dann wird er nachdenklich: «Anfang August? Müssten die Jungfüchse nicht schon längst selbständig sein? Hmm, vielleicht Spätzünder... oder sie sind zu fett und schaffen es nicht zwischen den Gitterstäben durch!» Beim letzten Gedanken muss er herzhaft lachen, denn er stellt sich vor, wie überfressene Jungfüchse zwischen den Stäben steckenbleiben. Er beendet seine fuchsbiologischen Überlegungen und widmet sich dem Schloss zu, im bleiernen Wissen, dass er es knacken muss, um rauszukommen.

Zuerst versucht er, das widerspenstige Schloss mit einem Ast zu bezwingen, doch das Hölzchen bricht dauernd ab. Dann besinnt er sich seines Taschenmessers. Leon erschrickt, denn es ist nicht in seiner Boxershorts-Tasche! Er hämmert sich die flache rechte Hand an die Stirn: «Ich Hornochse, das Taschenmesser ist in der Hose, die ich mir oben bei der Deponie vom Leib gerissen habe gestern. Sowas von dämlich!» Leon stöhnt laut auf – verzweifelt, hoffnungslos und mittlerweile sehr durstig.

Leon hämmert mit der Wut eines unschuldig Eingekerkerten gegen die Eisengitter, bis ihm die Hände schmerzen. Er sinkt in sich zusammen und hockt da wie ein Häufchen Elend. «Wenn mich nur jemand hören könnte! Mam, Dad… Lilly… Lilly? Lilly!» Sofort schöpft er neue Hoffnung. Er fiept nach Rehart und denkt ganz fest an seine Freundin…

Leon wartet. Er ist eigentlich überhaupt nicht der ängstliche Typ, aber eingesperrt sein ist für ihn schlimmer als jede andere Körperstrafe. In einem Gefängnis würde er draufgehen… Leon versucht, einen ruhigen Atem beizubehalten. *Einatmen, ausatmen, einatmen…* Er weiss von seiner Mutter, dass man über den Atem auch seine psychische Verfassung beeinflussen kann. Doch die bleierne Ungewissheit, die jetzt auf ihm lastet, kann er nur sehr schwer aushalten. Er versucht, an etwas Schönes zu denken…

Plötzlich steht sie da. Leon umklammert zwei Gitterstäbe und drückt sein Gesicht zwischen den Händen ans Gitter, dann spricht er leise – bittend, flehend: «Hol Hilfe, Lilly! Bitte! BITTE!!!» Sofort macht das Schmalreh kehrt und flitzt wie von Wölfen gehetzt davon. Nach einer Dreiviertelstunde ist sie zurück mit Leons Eltern. Deren Reaktionen könnten nicht unterschiedlicher sein: Während seine Mutter die Hände an die Backen legt und einen spitzen Schrei des Entsetzens von sich gibt, lacht sein Vater laut heraus. «Eine gute Lektion, mein Junge! Ich hoffe, du lernst was daraus!», belehrt ihn Patrick und lässt Leon noch etwas zappeln, während die Mutter dem <Gefangenen> eine Wasserflasche durch die Stäbe reicht. Leon trinkt gierig.

Nach einer Viertelstunde hat Patrick das Schloss geknackt – Leon ist frei. Er fällt seiner Mutter um den Hals. Sein Vater steht nur daneben und blickt belustigt. Patrick stellt trocken fest: «Wir wollten grad weiterfahren, als Lilly uns vors Auto gesprungen ist.» Und in einem strengen Ton fügt er hinzu: «Mach das nie wieder!» – Leon blickt verlegen zu Boden und stammelt: «Ko-kommt nicht wi-wieder vor!» Da legt ihm nun auch Patrick einen Arm um die Schultern und fragt, diesmal fürsorglich: «Hast du wenigstens etwas rausgefunden?» – «Alles für die Füchse…», beginnt Leon, «also, der Stollen hier kann unmöglich dafür genutzt werden, die Fässer hochzukriegen. Der Ausgang oben ist viel zu weit von der Deponie weg. Und selbst wenn es da unten weitergeht, das ist alles viel zu kompliziert… Aber ich habe…

Fotos der Fässer…» – «Du hast WAS?», ruft Andrea aus, und ihre Stimme überschlägt sich. – «Ich war vorsichtig diesmal. Ich wusste ja, was auf mich wartet», versucht Leon, seine aufgebrachte Mutter zu beruhigen. Patrick indes spricht ein Machtwort: «So fertig! Zurück zum Bus! Duschen! Und dann fahren wir los! Der Kanton soll das lösen. Und wenn sie es nicht lösen wollen, selber schuld!»

Unterwegs holen sie noch Leons Mountainbike bei der Jagdhütte ab. Und natürlich will sich Leon bei Lilly bedanken. Sie steht wie so oft auf der Lichtung. Leon beeilt sich, zu ihr zu gelangen. Er umarmt sie weinend: «Du… du hast mir das Leben gerettet.» – Lilly scheint zu sagen: *Du hast damals MEIN Leben gerettet, ich habe heute DICH vor dem Tod bewahrt – meine Schuld ist beglichen.*

Endlich geht es weiter. Die Familie ist auf dem Weg zu einem benachbarten Tal. Von dort kommt das Signal eines der drei wanderfreudigen Luchse. Und Leon freut sich schon auf die nächste Summ-Session mit Arthur. Jetzt hat er vielleicht genug <Munition>, um das Rätsel um die illegale Deponie zu lösen.

6

Riskante Recherchen

Abends sind Leons Eltern dermassen erschöpft, dass sie den Bus einfach parkieren, einen Snack auftischen und früh zu Bett gehen. Sie schlafen sofort ein. Der rasche Ortswechsel, die mühsame Autopanne, Leons Missgeschick und eine nervenaufreibende Suche nach dem Luchs haben die beiden ausgelaugt. Das trifft sich gut, denn Leon hat sehr viel mit Arthur zu besprechen. Er schnappt sich seinen Laptop und setzt sich ins Gras, den Rücken an einen Baum gelehnt. Kurz vor elf Uhr abends hat er Arthur endlich am Draht. «Arthur, du Penner! Wo steckst du? Hab dich jetzt sicher ein halbes Dutzend Mal <angesummt>», begrüsst Leon ziemlich ungeduldig seinen Freund, der sichtlich übermüdet aussieht und wirkt, als würde er gleich auf dem Pult einschlafen. «Sorry, hab mies gepennt, Bro. Möchte eigentlich gleich zu Bett», entschuldigt sich Arthur und fügt stöhnend hinzu: «Und ich hasse dich, weil du immer in voller Frische strahlst, egal zu welcher Tages- oder Nachtzeit!» – Leon grinst, aber er hütet sich davor, zuzugeben, dass er manchmal am Tag einfach wegdöst. Solche Powernaps helfen ihm auch jetzt, wach zu bleiben. «Hey, Bro, ich hab die Fotos! Schick sie dir grad!», wechselt Leon das Thema. Als er sieht, wie Arthurs Kopf grösser wird, weiss er, dass er die Bilder bekommen hat und sie jetzt ausgiebig beäugt. «Hast du keine Zoom-Funktion auf deinem Super-Laptop?», nimmt ihn Leon hoch, doch sein Freund reagiert nicht darauf, sondern grummelt: «Njaaa, ist nur der halbe Code drauf… 143… sind das alle Bilder?» – Leon platzt fast der Kragen: «Meine Fresse! Ich begebe mich in Todesgefahr, und der feine Herr faselt was von miesen Aufnahmen! Geh du mal sone stinkige Senke fotografieren! Das ist tammi mühsam…» Da hört Leon Geräusche aus dem Camper. Sofort ist er still und hofft, dass seine Eltern nicht merken, dass er draussen am <Summen> ist. «Lebst du noch, Bro?», will Arthur wissen. – «Äh ja, wollte nur nicht, dass meine Alten spitz kriegen, dass ich wieder online bin bis in alle Nacht. Hat sich eben grad was gerührt im Camper.»

Nach einigen Minuten, während denen Arthur online nach Fässer-Codes sucht, meldet sich Leon ungeduldig: «Und? Findest du was?» – Arthur gähnt und zuckt mit den Achseln: «Schwierig. Muss jetzt pennen, suche morgen weiter. Bye!» Und zack, ist die Summ-Session beendet. Leon ist leicht überrascht, doch im nächsten Moment gleitet ihm sein Laptop aus den Fingern und er nickt ein. Er bemerkt nicht einmal, dass sein Oberkörper sachte zur Seite kippt und wie sein Laptop im Gras landet.

Am nächsten Morgen wacht Leon auf und erschrickt fürchterlich. Über seinen ganzen Körper krabbeln Ameisen. Die Insekten kitzeln ihn nicht nur ganz extrem, einige der Tiere beissen ihn auch. Schreiend springt er auf und stellt sich mitsamt der Kleidung unter die Dusche. Er reisst sich T-Shirt und Boxershorts vom Leib – Schuhe hat er keine an.

In frischer Kleidung erscheint Leon am Frühstückstisch – in alten, löchrigen Jeans und Sandalen. Weil ihm die T-Shirts ausgegangen sind – er hat nur zwei Exemplare mitgenommen, da er vorhatte, möglichst viel oben ohne herumzulaufen –, schnappt er sich ein Hemd seines Vaters. Als er es überzieht, merkt er, dass es ihm viel zu gross ist. Egal, er hatte eh vor, es vorne offen zu lassen. Und weil er auch keine richtigen Schuhe mehr hat – seine zwei Sneakers-Paare musste er bei der Deponie lassen, da sie kontaminiert sind –, muss er mit den Sandalen zurechtkommen.

Leon sieht etwas ramponiert aus: Er hat Kratzer, die er sich im Stollen zugezogen hat, und Bissspuren der Ameisen. Doch er ist hart im Nehmen, ein bisschen ramponiert ist der Naturbursche nämlich immer. «Pack dein Laptop ein, bevor dein Vater eins und eins zusammenzählt und schimpft, weil du wieder mal spät online warst», flüstert ihm Andrea ins Ohr, doch Patrick grunzt: «Zu spät! Hab's schon bemerkt! Aber ich bin zu guter Laune heute, um mich zu ärgern. Zwei Luchse sind ganz in der Nähe, ein Pärchen! Wenn wir Glück haben, können wir erforschen, wie Männchen und Weibchen ausserhalb der Paarungszeit aufeinander reagieren.» – Leon zuckt mit den Schultern und gibt ein aggressives Fauchen von sich, dabei macht er mit beiden Händen Kratzbewegungen in der Luft. «Sowas in der Art wird passieren,

Dad!», prophezeit ihm Leon, seine Mutter verschluckt sich beinahe an ihrem Kaffee.

Normalerweise liebt es Leon, seine Eltern auf der Pirsch nach den Luchsen zu begleiten. Das hat er in den ersten Wochen seines Sommerurlaubs täglich getan. Und sie sind tatsächlich einmal einer der scheuen Wildkatzen begegnet – ein unbeschreibliches Erlebnis! Doch jetzt, da die grossen Schulferien bald vorbei sind und ihn die Geschichte mit der illegalen Deponie nicht mehr loslässt, möchte er die letzten freien Tage für sich haben – zum Chillen und Recherchieren. Seltsamerweise haben seine Eltern nicht mal versucht, ihn davon abzubringen, ins nächste Dorf zu radeln. Er musste ihnen nur versprechen, das Tal mit der Deponie zu meiden – was er gerne tat.

Für eine lange Radfahrt an der Sonne ist sein Outfit – Jeans und Hemd – gar nicht so schlecht gewählt, denn so kann er sich die Schultern nicht verbrennen. Und seine strammen Waden leiden weniger, wenn sie wieder mal in voller Fahrt eine Berührung mit dem Fahrrad haben – nur die Jeans sind dafür bald durchgewetzt…

Der Löwe geniesst die Fahrt, die überhaupt nicht anstrengend ist, weil es stets bergab geht. Er liebt es, unterwegs zu sein. *Eine Fahrt auf der Route 66, das wär's*, schwärmt er.

Kurz vor Mittag kommt Leon in Luzein im Prättigau an. Ihn reizt es, einfach mal im Panorama-Bad Pany abzuhängen – eine Badehose hätte er sogar dabei, in einem Plastiksack auf dem Gepäckträger. Doch ihn lässt die unverschämte Umweltverschmutzung nicht los. So entscheidet er sich, zuerst einigen Firmen im Dorf einen Besuch abzustatten und sie zu fragen, ob sie zufällig solche Fässer, wie er sie fotografiert hat, gesehen haben.

Zuerst ist die <Holzbau Luzein GmbH> dran. In der Fertigungshalle kreischen die Sägen. Leon hat alle erdenklichen Mühen, sich mit den Leuten zu verständigen. Endlich erbarmt sich jemand und geht mit dem Jungen vor die Tür. «Giftfässer, na! Wenn wir was entsorgen, dann ist es Bauschutt», ist die Antwort. Eine ähnliche Wortwahl benutzen die anderen Holzbaufirmen, denen Leon einen Besuch abstattet. Von der <Longo Bau AG> erhofft er sich aber mehr, denn diese Firma arbeitet mit Verbundwerkstoffen. Sie benutzt teilweise Kleber, um gewisse Teile miteinander zu verbinden. Und sie stellt Zement her, um Mörtel für Ziegel oder um Beton zu fertigen. Es stehen daher Fässer herum mit den <Zutaten>. «Diese Kleber und die Zementkomponenten, sind das giftige Chemikalien?», befragt Leon einen Mann, von dem er denkt, er müsse ein höheres Tier im Unternehmen sein, denn Leons Gegenüber trägt Anzug und Krawatte. – «Es gibt einige Stoffe, die etwas heikel sind. Richtig übler Giftmüll fällt bei uns nur selten an. Wenn es passiert, beauftragen wir eine professionelle Entsorgungsfirma, denen wir den Sondermüll anvertrauen. Ähnliche Fässer wie auf deinem Foto benutzen wir auch, aber die gelangen bestimmt nicht in die Natur!», erklärt der Krawattenträger leicht indigniert, als jemand hinter ihm ruft: «Chef, Telefon für Sie, es ist Petrovic!» – «Sind wir fertig?», fragt der Unternehmer rhetorisch, dreht sich auf dem Absatz um und verschwindet im Büro. Leon hinterlegt bei der Sekretärin seine Handy-Nummer: «Falls jemand was weiss.»

Leon hat zwei Bauunternehmen, drei Erdbau- und fünf Holzbaufirmen abgeklappert. Doch sein Erfolg ist gleich Null: Niemand hat was gesehen oder gehört. *Ich komme einfach nicht weiter*!

Zu guter Letzt sucht er das Forstamt auf. Zu seinem Glück ist der Förster anwesend, was nicht so oft vorkommt, denn dessen eigentliche Arbeitsumgebung ist der Wald. Leon löchert den Mann mit seinen Fragen. «Da isch ja uu koga gförli da Zügs!», ereifert sich der Förster, doch ihm seien die Hände gebunden, es sei dort gar nicht sein Forst – Leon gibt auf, vorerst!

Da er zu Mittag nur ein Sandwich verdrückt hat, macht er sich am späteren Nachmittag auf in die Badi Pany. Dort bestellt er sich zuerst einmal einen Teller Schnipo – ein paniertes Schnitzel mit Pommes frites –, verzehrt es wie ein hungriger Löwe und geht dann baden. *Nach dem Essen sollte man nicht baden,* hört er seine innere Stimme raunen, doch er schüttelt nur den Kopf: «Quatsch, ich sauf schon nicht ab!»

Nur mit einer roten Badehose bekleidet schreitet er breit grinsend zum Schwimmbecken. Er bemerkt nicht, wie sich die anwesenden Mädchen und jungen Frauen nach ihm umdrehen. Anmutig nimmt er Anlauf und springt Kopf voran ins kühle Nass. Die nach vorne gestreckten Hände teilen das Wasser, und Leon taucht ab wie ein Delfin. Als er wieder auftaucht, bekommt er einen aufblasbaren Ball an den Kopf geworfen. Ein rothaariges Mädchen lächelt aufreizend und ruft neckisch: «Fang mich doch, wenn du kannst!» Und sie schwimmt schnell wie ein Fisch davon. Leon grinst verlegen, doch er nimmt die Verfolgung nicht auf. Er mag keine Mädels der Sorte <Prinzessin>. Am schlimmsten sind jene der Sorte <Tussi> – einige davon sitzen am Beckenrand und rücken ihre Bikinis nur allzu offensichtlich zurecht. Eine Tussi kommentiert extra laut, was sie sieht, so dass es Leon hören kann: «Geile Muckis, der Typ ist sowas von heiss!» – Leon läuft knallrot an. Er will chillen und nicht anbandeln!

Leon ist erst vierzehn, allerdings körperlich schon sehr frühreif, aber dafür umso schüchterner, was den Umgang mit Mädchen angeht. Er steckt in einem Dilemma, denn einerseits merkt er, dass er total auf weibliche Reize abfährt, doch andererseits fürchtet er sich noch vor den Konsequenzen, wenn er seinen Gefühlen nachgeben sollte. *Eine Freundin haben? Wie peinlich, wenn es die Eltern rausfinden. Ein Mädchen küssen? Igitt, und was, wenn sie die Zunge rausstreckt! Mit einer Verehrerin ins Bett gehen? HILFE!!!*

Leon verkehrt grundsätzlich nur mit jenen Mädchen, mit denen man <Pferde stehlen> kann. Davon hat es zum Glück einige. Bei den Jungs wiederum hat er das Problem, dass sich die meisten mit ihm messen wollen – *ein verdammter Stress*, wie Leon das nennt. Und dann sind sie noch sauer, weil Leon dauernd gewinnt. Aber jene Jungs, die anders ticken, sind eher Aussenseiter und auch irgendwie komisch. Die interessieren sich nur für technische Dinge, werkeln stundenlang an irgendwelchen Sachen rum oder sind kaum vom Computer wegzubringen. Er will raus in die Natur! Deshalb hat er keinen einzigen Freund, also zumindest in der Schweiz nicht. In Kenya schon, aber Kenya ist sehr weit weg. Eigentlich ist das gut so, denn Arthur sitzt auch fast nur noch vor dem Computer. Gingen sie in die gleiche Schule, würde die Freundschaft wohl nicht lange halten.

Nachdem er sich genug erfrischt hat, steigt er aus dem Wasser, begleitet von tuschelnden Mädchenstimmen. Er beachtet sie nicht. Als zwei Jungs zu ihm treten und ihn fragen, ob er eine Runde Beachvolleyball spielen möchte, lehnt er dankend ab mit der Begründung, nach Hause fahren zu müssen. Dabei lügt er nicht mal. Sein Heimweg ist lang, sehr lang. Wenn er Glück hat, ist er vor Sonnenuntergang beim Camper.

Er zieht sich nicht mal um, sondern schwingt sich in Badehose aufs Fahrrad – die anderen Kleider befinden sich im Plastiksack, der unter einer Klemme über dem Hinterrad steckt. Als er aus

Luzein hinausfährt, staunt er nicht schlecht, dass der Kleinbus seiner Eltern ihm entgegenkommt.

Der Camper bremst ab, Leon radelt zur Fahrerseite und stoppt. Er stabilisiert sein Gefährt mit dem rechten Fuss am Boden. Sein Vater streckt den Kopf aus dem offenen Fenster und grunzt: «Scheiss-Viecher, sind uns wieder entwischt! Hast du unsere Nachricht nicht gehört?» – Leon versucht ein Grinsen wegen der Luchse zu unterdrücken und schüttelt den Kopf. Behende schwingt er das linke Bein übers Velo und steigt ab. Nun schiebt er sein Fahrrad hinter den Wagen, nimmt den Plastiksack an sich und fixiert das Mountainbike dann in der Halterung. Danach öffnet er die Schiebetür, um auf seinem Sitz Platz zu nehmen.

Als es weitergeht, in Richtung eines weiteren wilden Tals, kramt er sein Smartiefon aus dem Plastiksack. Zwei verpasste Anrufe in Abwesenheit! Leon hört den Anrufbeantworter ab. Zuerst die Message seiner Eltern: «Leon, die ver… Luchse sind weg, wir fahren dir entgegen.» – Leon frohlockt, denn auf die zweite Sprachnachricht ist er gespannt. Hat jemand was herausgefunden wegen der Fässer? Leon hört sie erwartungsvoll ab und erbleicht. Die Stimme, die er hört, wirkt verzerrt und droht: «Vergiss die Fässer oder deine Familie wird es bereuen!» – *Nummer unterdrückt, war ja klar! Aber immerhin kenne ich den Zeitpunkt des Anrufs: 16:27*, bemerkt Leon nachdenklich.

7

Eine heisse Spur

«Die Fässer werden in Osteuropa hergestellt», erklärt Arthur während der nächsten Summ-Session, «Beliefert wird ganz Europa…» – «Na super», grunzt Leon und schlägt seine rechte Faust gegen einen Baumstamm neben sich. Leon hockt mit seinem Laptop wieder im Gras, etwas abseits vom Camper, damit seine Eltern nicht alles mitbekommen. – «Was hat dir der Baum angetan?», fragt sein Kumpel belustigt, doch Leon ist nur genervt – genervt von all den Fehlschlägen und Sackgassen. «Wir kommen keinen Schritt voran, zudem habe ich eine Morddrohung bekommen!», grummelt er, da ruft Arthur aus: «Geil!» – Leon ist perplex. Hat sein Freund gerade die an Leon gerichtete Morddrohung gutgeheissen? – Arthur lacht laut los und kann sich kaum mehr beruhigen, schließlich aber klärt er Leon auf: «Dein Gesicht, köstlich! Ich… hahaha… meinte nur… prusst… dass wir jetzt einen… hihihi… Anhahahaltspunkt haben. Schieb mir doch das Tonfile rüber, Bro!» – Leon schafft es aber nicht, die Datei vom Anrufbeantworter runterzuholen, deshalb spielt er es Arthur einfach ab.

«Schwierig, die Stimme ist verzerrt!», kommentiert Arthur, nachdem er die Nachricht drei Mal gehört hat, «Und was ist das für ein komisches Piepsen im Hintergrund? Es kommt mir irgendwie bekannt vor!» – «Was für ein Piepsen?», wundert sich Leon, der technische Geräusche, wenn sie leise sind, einfach ignoriert. Würde ein Tier im Hintergrund fiepen, grunzen, blöken oder was auch immer, er hätte es sofort bemerkt. Aber ein Piepsen einer Anlage? Nein.

«Warum gehst du nicht zur Polizei und erstattest Anzeige? Dann müssen die Cops beim Provider die Verbindungsdaten einholen. Dann weisst du, woher der Anruf kam!», schlägt Arthur vor, doch Leon verdreht die Augen: «Das geht mir zu langsam. Ausserdem hatte Dad schon das Vergnügen. Niemand will was unternehmen! Sie glauben uns nicht, dass dort Giftfässer rumgammeln!» – «Na, dann wird's schwierig… verdammt! Jetzt hab ich's!» – «Was?» – «Jetzt weiss ich, wo ich dieses Piepsen schon gehört haben!» – «Mach's nicht so spannend, Bro!», beschwert sich Leon, der sich wie auf Nadeln fühlt. Arthur grinst und erklärt kurz und knapp: «Die Alarmanlage im Konsulat meines Vaters.» – «Was? Du meinst, im Hintergrund piepst eine Alarmanlage? Aber die sind doch viel schriller!», antwortet Leon total überrascht. – «Ja! Das Piepsen ist lediglich das Signal, dass man quittieren muss, um einen richtigen Alarm abzuwenden.» – «Ach so… Und du kannst rausfinden, was das für eine Anlage ist?» – «Klar!» – «Bis wann?» – «Geh pennen, und wenn du aufwachst, hast du die Antwort!», macht Arthur eine Ansage, die ganz nach Leons Geschmack ist.

Leon schläft diese Nacht sehr unruhig. Die Morddrohung lastet auf seiner Seele – mehr als er sich's selber eingestehen will. Er träumt von einem blutrünstigen Dinosaurier, der ihn verfolgt und fressen will. Als er endlich schweissgebadet aufwacht, ist es halb Fünf. Ungewohnt für ihn muss er jetzt schon austreten, um sich zu erleichtern. Als er zurück im Camper ist, schaut er sofort nach, ob Arthur ihm schon geschrieben hat. Und ja, da ist eine Sprachnachricht: «Hi Bro, ich hab keine Ahnung… hahaha… wie die Zerberus-Anlage heisst – ätsch, reingefallen! Sie heisst Zerberus, klar, Mann! Und jetzt möchtest du wissen, wer so eine hat in deiner Umgebung, ja? Curiosity killed the cat! Ich liebe es so, dich zu quälen! …Aber eigentlich bin ich ja gar nicht so. Also, die Anlage ist eine Profi-Anlage, und darum in ländlichen Gebieten eher selten. In einem Umkreis von dreissig Kilometern um Chur gibt es nur die Air Girun, die eine besitzt. Die sind ausserhalb von Landquart, bei Bad Ragaz, stationiert. So…, zufrieden, Mr. Bond? Felix Ende.» – Leon grinst, Arthur ist sowas von einem Witzbold! Und er hat sich die halbe Nacht um die Ohren geschlagen, um ihm zu helfen! Was für ein Freund!

Air Girun! Sofort nach dem Frühstück macht er sich auf, dem Helikopterunternehmen einen Besuch abzustatten. Seinen Eltern sagt er nichts von seinem Vorhaben. Er erklärt ihnen nur, dass er nach Landquart und Umgebung fährt, um sich für das nächste Schuljahr neue Klamotten zu besorgen. Seine durchlöcherten Jeans untermauern sein Vorhaben. Sein Vater seufzt «Das ist weit…» und schlägt dann vor: «Wir holen dich abends ab und dann fahren wir alle drei heim nach Felsberg. Ich glaube, wir lassen die Luchse ziehen, wenn wir sie heute nicht mehr finden.» – «Okay, Dad. Muss nur noch kurz Zähne putzen.» – «Zähne putzen? Seit wann putzt du Zähne?», fragt ihn seine Mutter überrascht und amüsiert zugleich. Doch sie bohrt nicht weiter in der Zahnangelegenheit. Leon aber verfolgt einen Plan. Denn während seine Eltern den Bus startklar machen, schnappt er sich heimlich ein GPS-Halsband für Luchse, das er sich unter den Jeans um den linken Unterschenkel bindet. Per Smartiefon sendet er Arthur die Gerätenummer und den Zugangscode, um alle Sender des Luchsprojekts über Satellit online zu verfolgen. Das ist seine <Lebensversicherung>, falls er wieder irgendwo eingeschlossen oder – schlimmer – entführt wird.

Air Girun! Was machen die eigentlich? Bevor er losradelt, schaut er im Internet nach: Es ist ein Unternehmen, das Helikopterflüge für Touristen und Warentransporte anbietet. Warentransporte! Die Fässer sind also doch über den Luftweg ins Tal gelangt! *Nicht zu früh freuen, am Schluss ist es wieder eine falsche Fährte – aber bisher ist sie immerhin die heisseste Spur von allen*, überlegt Leon. Er klappt den Laptop zu, steckt sich das Smartiefon in die Gesässtasche, schlüpft in Vaters Hemd, schnappt sich schnell noch ein Sackmesser und schwingt sich aufs Fahrrad. «Bis heut Abend!», ruft er und ist schon weg. Seine Eltern schauen sich an, wenig überrascht. So kennen sie ihren Leon, und nur so.

Es ist Freitag, der 12. August 2016. Noch ein Wochenende und die Schule beginnt erneut. Leon mag nicht daran denken. Er hasst die Schule, hat es schon immer getan. Aber er möchte Biologe werden wie seine Eltern. Dazu muss man das Gymnasium besuchen und dann studieren. *Ich wünschte ich hätte eine Zeitmaschine und könnte die Schulzeit einfach überspringen*, seufzt Leon, während er Richtung Landquart unterwegs ist. Es geht fast alles abwärts, darum ist die Fahrt ziemlich angenehm.

Gegen Mittag ist Leon in Landquart angekommen. Sein Magen schreit aber nach Nahrung, deshalb fährt er nicht sofort weiter, sondern holt sich eine Bratwurst an einem Imbiss beim Bahnhof. Etwas zu trinken für Unterwegs kauft er sich ebenfalls – nicht dass er wieder irgendwo feststeckt und durstig ist. Dann geht's zur Air Girun. Etwas ausserhalb von Landquart, bei Bad Ragaz, hat es einen richtigen kleinen Flugplatz. Das Helikopterunternehmen ist ebenfalls dort ansässig. Schnell findet er heraus, wo die Firma ihr Verwaltungsgebäude hat – es ist in einem Hangar untergebracht. Draussen stehen drei rostrote Hubschrauber – zwei flugbereit, der dritte in Reparatur. Das erkennt er daran, dass sich etliche Mechaniker an einer der Maschinen zu schaffen machen.

«Tschuldigung», macht Leon auf sich aufmerksam. Einer der Mechaniker schaut hoch. «Sie, ich will den Chef sprechen, geht das?» – Der Angesprochene zeigt mit einem Schraubenschlüssel

Richtung Hangar: «Da drin!» – Leon hebt dankend eine Hand und beeilt sich in den Hangar. Ganz hinten befindet sich ein verglaster Raum. Ein Mann mittleren Alters sitzt an einem Schreibtisch und telefoniert gestikulierend. Leon schaut sich das Material im Hangar an – aber nirgends Fässer.

Endlich hat der Chef von Air Girun seinen Anruf beendet. Leon stürmt ins Büro hinein und fällt wortwörtlich mit der Tür ins Haus: «Grüezi! Haben Sie eine Alarmanlage Zerberus?» – Der Mann, ein glatzköpfiger Hüne in Anzug und Krawatte schaut ihn erstaunt und genervt an. «Was willst du, Junge?», fährt er Leon an und erhebt sich zu voller Grösse. Doch Leon lässt sich nicht einschüchtern. Der Löwe antwortet lapidar: «Sie auf eine Schwachstelle aufmerksam machen! Was zahlen Sie, wenn ich es Ihnen sage?» – Der Unternehmer zieht die Augenbrauen zusammen, was Leon schon mal in Alarmbereitschaft versetzt. «Nichts! Ich rufe die Polizei!», kontert der Mann, und Leon doppelt nach: «Werden Sie nicht! Denn sonst fliegt das mit den Giftfässern auf!» – In diesem Moment kann der Mann seine Überraschung nicht vor Leon verbergen. Er stammelt: «Wie bitte? Wa… Was für Gift… Fässer? Wo? Wer?» – «Das will ich von Ihnen wissen! Ihre Firma hat sie ins Tälchen am Dreiländereck Schweiz-Liechtenstein-Österreich geflogen. Und gestern hat mir jemand eine Morddrohung von hier aus verschickt!», blufft Leon, in der leisen Hoffnung, mit irgendeiner Aussage ins Schwarze zu treffen. – Jetzt muss sich der Unternehmer setzen.

«Wer war gestern um 16:27 hier? DER hat mir gedroht!», führt Leon das Verhör fort, doch sein Gegenüber brüllt ausser sich: «Das reicht, raus hier!» – Leon zuckt mit den Achseln, und sein vorne offenes Hemd verrutscht etwas. «Ich kann auch zur Polizei gehen, oder zu den Medien…», erhöht Leon unbeeindruckt den Druck, da wird der Angesprochene etwas blass um die Ohren und hebt und senkt beschwichtigend beide flach ausgestreckten Hände: «Ganz ruhig, Junge, ganz ruhig! Wann sagtest du?» Und der Chef setzt sich an seinen Schreibtisch, um im Computer den Terminkalender des Unternehmens einzusehen. – «16:27, gestern.» – «Okay, also ich war an einem Meeting beim Bundesamt für Zivilluftfahrt in Bern. Unsere Mechaniker mussten bis auf einen, der Ferien hat, im Engadin einen unserer Helis soweit reparieren, dass wir ihn zurückfliegen konnten. Die Maschine ist um 18:17 hier gelandet. Geflogen ist Jachen Derungs. Und Martin Camenzind war zur fraglichen Zeit mit Touristen unterwegs, seine Ankunft hier war um 18:41. Flurin Menn hat Ferien. Neben diesen drei haben wir noch zwei weitere Piloten: Urs Gantenbein und Mario Testa. Gantenbein kann ich ausschliessen, dem ist gestern der Blinddarm entfernt worden. Testa, der müsste gleich zum Dienst erscheinen, der hat heute Touristen. Und gestern landete er um 15:58…» – *Würde passen*, denkt Leon.

Mario ist ein rundlicher, italienisch-schweizerischer Doppelbürger. Irgendwie sieht er der gleichnamigen Game-Figur recht ähnlich – Schnauzbart, dunkle Haare, Baseballmütze, nur die Latzhose fehlt, stattdessen trägt er Pilotenkleidung. Gerade als Mario die Mütze gegen den Pilotenhelm tauschen will, fängt ihn sein Chef im Hangar ab. Leon folgt ihm aus dem Büroraum hinaus in die Halle. «Testa! Wer war gestern hier, nachdem du zurückgekehrt bist?», löchert ihn der Glatzkopf, während er noch mit schweren Schritten auf den Angesprochenen zugeht. Leon ist zum Zerreissen gespannt. Mario guckt etwas verwirrt aus der Wäsche, verwirft die Hände und meint: «Niemand, Boss. Ich hab auch selber tanken müssen! Es war niemand da!» – Geistesgegenwärtig wagt Leon eine Finte, er blufft: «Aber auf den Aufnahmen der Überwachungskamera sind Sie mit einem anderen Mann zu sehen! Raus mit der Sprache!» – Mario wirkt, als hätte man ihn ertappt, erbleicht und stammelt, verlegen wie ein Schuljunge, der gerade unerlaubt ein Eis aus dem Tiefkühler genommen hat und dabei erwischt worden ist: «Me dispiace! An… Angelo Longo, mein… mein Cousin…» – Der glatzköpfige Chef läuft rot vor Wut an: «Testa verdammt! Hier hat niemand was zu suchen, der nicht arbeitet oder einen Rundflug antritt! Verstanden!» – «Capisco, capo! Me dispiace», entschuldigt sich Mario erneut und wird verlegen. Er kratzt sich am Hinterkopf und weiss nicht so recht, wohin er schauen soll. – «Dieser Angelo Longo, was wollte der?», bohrt der Chef weiter, doch Mario faselt nur was von einem möglichen Auftrag für einen Transport… Da geht Leon ein Licht auf und er fragt direkt: «Wo arbeitet Angelo?» – Mario atmet schwer: «Longo Bau AG, Luzein.» – Jetzt wird Leon einiges klar, denn gestern war er ja in Luzein und hat diverse Firmen besucht, um nach den Fässern zu fragen. Da muss er wohl auf diesen Angelo Longo gestossen sein, oder Longo hat Leons Gespräch mit jemand anderem in der Longo Bau AG belauscht und so erfahren, dass die Fässer entdeckt worden sind. *Doch warum beauftragt man ein Helikopterunternehmen, um Giftmüll zu entsorgen? Ist der Chef von Air Girun möglicherweise total ahnungslos? Oder tut er nur so? Will er Mario zum Sündenbock abstempeln? Oder war das lediglich ein Deal zwischen Longo und Testa? Floss viel Schweigegeld?* – Leon weiss zwar nicht alles, aber genug, um zur Polizei zu gehen! Er lässt beide Männer einfach im Hangar stehen und rennt zu seinem Fahrrad, um den Polizeiposten von Landquart aufzusuchen. Der Posten in Bad Ragaz wäre zwar näher, doch im Eifer des Gefechts sucht er ein ihm bekanntes Ziel auf. Er war nämlich daran vorbeigefahren, als er mittags seinen Snack kaufen ging.

Während der Fahrt grübelt Leon über die Situation nach, in der er sich befindet. Er fürchtet, dass Mario Testa seinen Cousin Angelo Longo gewarnt hat, bevor Leon den Polizeiposten erreicht. Daher tritt er fester in die Pedalen. Er fährt Rad, als wolle er die Tour de Suisse an einem Tag gewinnen. Doch dann, als er Landquart schon erreicht hat, überlegt er sich's anders. Er tritt nicht mehr weiter in die Pedalen, lässt das Velo langsamer werden und fährt in eine Seitenstrasse. Dann steigt er vom Fahrrad, hebt das Gefährt aufs Trottoir hinauf und schiebt es zu einer Bank. Er stellt sein Velo unter einer grossen Kastanie ab und zückt sein

Smartiefon. Nun schreibt er Arthur eine Message und erklärt ihm, was er alles rausgefunden hat. Er nennt ihm alle relevanten Namen. Als er auf Absenden drückt, wird ihm leicht um's Herz – egal was passiert, auch wenn die Umweltsünder ihn aus dem Verkehr ziehen, die Gerechtigkeit wird siegen. Im nächsten Moment spürt er ein Stück Metall am Rücken.

8

Ein falscher Engel

Leon liegt gut verschnürt im Kofferraum eines Autos. Es ist stockdunkel, denn seine Augen sind verbunden. Um Hilfe schreien kann er auch nicht, denn er ist geknebelt. Es rumpelt, Leon wird ordentlich durchgeschüttelt. Er versucht sich auf den Umgebungslärm zu konzentrieren, um herauszufinden, wo der Wagen durchfährt. Doch er hat keine Chance, das Auto ist zu laut, die Strasse zu holprig und zu kurvig.

Seine Hände sind auf dem Rücken an den Handgelenken festgeschnürt. Auf Höhe der Oberarme fühlt er Seile, die um seinen ganzen Körper gewickelt sind. Auch seine Fussgelenke sind aneinander gebunden. *Da wollte einer sichergehen*! Leon hat Mühe, zu atmen. *Bloss ruhig bleiben*, redet er sich gut zu. Weil sein Hemd vorne offen ist, kann er – sich windend wie eine Raupe – die Fesseln, die um seinen Körper gewickelt sind, mitsamt dem losen Hemd in Richtung Gesäss rutschen lassen. Nach ein paar Minuten, in denen Leon im Kofferraum zappelt wie ein Fisch an Land, sind diese Seile beim Allerwertesten angelangt. Nun sind die Arme etwas beweglicher und er versucht, an sein Taschenmesser zu gelangen. Der viele Stoff, der jetzt um seine Taille und an seinem Hintern liegt, erschwert dieses Unterfangen. Aus irgendeinem Grund ist es seinem Entführer entgangen, dass er ein Klappmesser im Hosensack hat. Nur sein Smartiefon, das er noch in der Hand gehabt hatte, bevor man ihn gefesselt hatte, musste er auf Geheiss seines Kidnappers ins Gebüsch neben dem Kastanienbaum werfen. Es liegt daher noch in Landquart.

Leon stöhnt auf, denn seine Verrenkungen sind alles andere als erholsam. Er kommt einfach nicht an die vorderen Hosentaschen heran! Er ändert deshalb die Taktik: Jetzt dreht er sich auf den Rücken und wippt mit den Hüften rauf und runter, so dass sich sein Gesäss rhythmisch bewegt und das Sackmesser langsam aus der Tasche gleitet. Als es mit einem <Tonk> im Kofferraum landet, dreht sich Leon so, dass er nach dem Messer greifen kann. Er öffnet blind die grösste Klinge und versucht, so vorsichtig wie möglich, seine Fesseln durchzuschneiden. Dazu muss er das Messer verkehrt herum in der Hand führen – die Klinge schaut zum Handgelenk. Die scharfe Seite ist zwar nach aussen gerichtet, dennoch befürchtet Leon, dass er sich verletzen könnte. Nach einigen vorsichtigen Versuchen, die ins Leere laufen, kriegt er die Klinge endlich zwischen Handgelenk und Seil. Sachte ritzt er das Seil und testet immer wieder, ob er sich nicht schon durch Muskelkraft entfesseln kann. Leon stöhnt leise, langsam verzweifelt er an seiner Lage. Doch er macht sich selber Mut, seinen ganzen Überlebenswillen in die Waagschale werfend: «Noch ein Versuch! Es MUSS klappen! Wenn ich da nicht rauskomme, bringen die mich um!» – Ein Schnitt, ein Ruck – Leon ist frei!

Mit der linken Hand reisst er sich die Augenbinde vom Kopf, doch es nützt nichts: Im Kofferraum ist es stockdunkel. Er muss daher blindlings seine Fussfesseln durchschneiden. Doch vorher entfernt er den Knebel. *Jetzt die Fussfesseln*! Auch das schafft er, ohne sich zu verletzen. *Uff*! Schnell klappt er das Messer zu und verstaut es in der Hosentasche. Er ist sehr erleichtert, dass er sich nicht geschnitten hat. Dann entledigt er sich noch der losen Seile, die um seinen Oberkörper gewickelt waren. Leon atmet tief ein und aus – *endlich frei*!

Leon liegt auf der Seite, die Beine angewinkelt. Er zieht das Hemd wieder über die Schultern, so gut es in dieser Position geht. Und er überlegt sich seinen nächsten Schritt. *Kofferdeckel von innen aufmachen*? – *Geht nicht.* – *Versuchen, die Rückbank umzuklappen*? – *Das erregt Aufmerksamkeit*! – *Warten, bis man ihn rausholt*? – *Riskant. Wenn ich es am Zielort mit mehreren Leuten zu tun habe, ist ein Fluchtversuch aussichtslos*. Plötzlich erinnert er sich an sein GPS-Gerät, das er um den Unterschenkel gebunden hat und immer noch trägt, wie ein Kontrollgriff ans linke Bein bestätigt. *Der Kidnapper ist sehr leichtsinnig*, findet Leon und muss grinsen – einen Vierzehnjährigen unterschätzt man gerne! *Arthur holt mich da raus*!

Endlich stoppt der Wagen. Leon dachte schon, der Entführer fahre ihn über die Grenze. Gefühlt liegt er schon Stunden im Kofferraum, doch wenn er es sich so richtig überlegt, kann es nicht so lange gedauert haben, höchstens eine Dreiviertelstunde: Sie sind relativ kurz nach Abfahrt einen Pass rauf und runter gefahren, aber eben nur einen einzigen, nicht zwei – sie MÜSSEN immer noch in der Schweiz sein, vermutlich im Engadin, da der nächstgelegene Pass der Flüela ist, der eben ins Engadin führt. Nach Österreich oder Liechtenstein gelangt man nur via Autobahn gen Norden. Ausser der Entführer hat den Weg über Andermatt gewählt, in diesem Fall wären sie jetzt in Uri oder im Wallis. Doch dafür hätten sie sehr viel mehr Zeit benötigt, denn der Oberalppass ist deutlich weiter von Landquart entfernt als der Flüela. Möglich wären aber auch Albula und Julier – beide Pässe führen aber ins Engadin, da ist der Weg über den Flüela einfacher. Bleibt noch der Splügenpass – Leon erschrickt, denn der führt gen Italien! Es ist also doch möglich, dass sie das Land verlassen haben! Leon schluckt leer.

«Was macht der Kerl? Tammisiech!», grummelt Leon und lauscht angestrengt. Er hört ein Plätschern. *Okay, der musste mal dringend... und ich muss hier raus, sonst werd ich verrückt*, überlegt Leon, und dann brüllt er geistesgegenwärtig und verzweifelt klingend: «Hilfe! Holen Sie mich raus, die Fesseln tun mir weh!» – Es wirkt, denn der Entführer öffnet, nachdem er sein Geschäft erledigt und den Hosenschlitz geschlossen hat, den Kofferdeckel seines Wagens. «Halt die Fre…», doch da trifft ihn Leons linker Fuss direkt im Gesicht. Der Überraschte kippt nach hinten weg und bleibt wie ein toter Käfer auf dem Boden liegen.

Leon springt wie ein Löwe auf seine Beute, doch der Mann ist zu benommen, um sich zu wehren. In diesem Moment überkommt ihn Mitgefühl, und Leon schlägt kein zweites Mal zu. Der Löwe steht auf, dreht sich zur Seite und blickt in ein grinsendes Gesicht. Ein zweiter Mann hält eine Pistole auf Leon gerichtet und nickt anerkennend: «Nicht schlecht für einen Jungen. Wie alt bist du? Sechzehn?» – Leons Gesicht verfinstert sich, er geht nicht auf die Frage ein, sondern stellt eine Gegenfrage: «Sie sind Longo, nicht wahr?» – Der zweite Fremde lacht laut: «Lang, klar doch, bestimmt nicht kurz!» – Leon verdreht die Augen und fügt ein «Angelo» hinzu. Der Fremde mit der Knarre zuckt mit den Schultern: «Kenne keinen Angelo… wer soll das sein? Und wenn schon, ich bin höchstens ein Engel des Todes.» – Der liegende Mann beginnt sich zu rühren, da besinnt sich Leon einer List, die in Filmen meistens super funktioniert: Er blickt die Strasse hinauf und ruft erfreut: «Hurra! Da kommen die Bullen!» – Der Bewaffnete ist für einen kurzen Moment unaufmerksam, da kickt ihm Leon die Pistole aus der Hand. Dann hechtet er über die Strasse und verschwindet in der Vegetation.

«Porca miseria! Bastardo! Stronzo!», hört Leon einen der Männer laut fluchen. Der andere ist wohl noch zu benommen vom Fusstritt und schweigt daher. «Wo ist der Mistkerl? Der kann doch nicht einfach verschwinden! Da ist kein Wald, nur Gebüsch! Simone, schau da hinten, und nimm dich zusammen. Pappamolla! War doch nur ein Tritt von einem Kind!» – «Das

Kind ist stark wie ein Löwe, Andrea», verteidigt sich das <Weichei>. – «Wieso tragen die Typen Mädchennamen?», fragt sich Leon belustig. Doch er schiebt diesen kulturellen Diskurs beiseite und wendet sich seiner misslichen Lage zu. Er hat sich in einer kleinen Mulde hinter einem ausladenden Strauch versteckt. Da sich die Entführer aufteilen – er hatte bis vor kurzem gedacht, er hätte es nur mit einem zu tun – ist seine Situation ziemlich verzwickt. Die Männer nähern sich Leon von zwei Seiten! Der gejagte Löwe atmet schwer: *Wie komm ich bloss aus der Nummer raus*?

Leon zückt sein Taschenmesser und klappt die grösste Klinge aus. *Wenn sie unbedingt Krieg wollen, können sie ihn haben*, ist Leon entschlossen, sein Leben bis zum Äussersten zu verteidigen. Denn ihm ist klar: Er weiss zu viel und soll aus dem Verkehr gezogen werden – das ist ziemlich definitiv, zu definitiv für den Vierzehnjährigen, der noch sein ganzes Leben vor sich hat. In diesem Moment erinnert er sich an die Rothaarige im Panorama-Bad. Wehmütig tadelt er sich dafür, nicht auf das Spiel eingegangen zu sein. *Ich darf nicht sterben, ich will wissen, ob Küssen wirklich so eklig ist, wie es aussieht*! Leons Gedanken spielen verrückt, der Stress befeuert sein Kopf-Karussell.

In seiner Verzweiflung versucht er eine weitere Finte: den Rotmilan, der über seinem Kopf kreist, auf die Verfolger ansetzen. Doch alle seine Bemühungen, Kontakt mit dem Tier aufzunehmen, scheitern. *Das klappt wohl nur mit Lilly*, seufzt Leon und beendet vorerst seine Versuche als Tierflüsterer. Da kommt ihm eine Idee. Leon klappt die Klinge seines Messers zurück – na ja, eigentlich ist es ja das Messer seines Vaters. Er muss unwillkürlich an seine Eltern denken. *Oh je, die bringen mich um, wenn ich das hier überlebe*, grinst Leon mit Galgenhumor.

Im nächsten Moment steht Leon auf, ruft «Pappamolla» und schleudert dem Angesprochenen das Sackmesser an den Kopf. Simone sackt in sich zusammen und bleibt reglos liegen. Leon hechtet an ihm vorbei. Hinter sich hört er eine Stimme, die wütend «Stopp» schreit, doch Leon rennt weiter. Er hat einen Föhrenwald im Visier, dorthin will er gelangen. Da fällt ein Schuss.

9
Im Wald der tausend Stimmen

Eine Hirschkuh mit ihrem Kalb blickt erstaunt, aber nicht gestresst zu einem Querfeldeinwanderer. Sie ist hin und her gerissen zwischen Furcht und Erstaunen. Furcht, weil das Erscheinen eines Menschen selten etwas Gutes mit sich bringt. Erstaunen, weil üblicherweise keine Menschen ausserhalb der ihr bekannten Wege anzutreffen sind. Der Wanderer mustert die Tiere und die Umgebung seinerseits. *Berg- und Legföhren wohin das Auge reicht, Tiere, die nicht davonlaufen oder sich nicht verstecken… Bin ich im Nationalpark? Wollten mich die Entführer nach Italien bringen? Vom Ofenpass aus ist es ein Katzensprung dorthin.* Leon geht ruhig an den beiden Hirschen vorbei und sucht dichteren Wald auf, um mehr Deckung zu haben.

Der Schuss, der glücklicherweise sein Ziel verfehlt hatte, sitzt Leon rein akustisch noch in den Knochen. *An diesen Schuss werde ich mich mein Leben lang erinnern*, sinniert er und schluckt leer, als er sich ausmalt, was alles hätte passieren können, wäre er getroffen worden. Dann aber zieht er die Augenbrauen zusammen und ballt die Hände zu Fäusten. Er zischt trotzig: «Ihr kriegt mich nicht, Simone und Andrea – Typen mit Mädchennamen sowieso nicht! Vergesst es, hier im Wald bin ich der König!» Gehetzt schaut er sich nach seinen Verfolgern um. Hat er sie schon abgeschüttelt? Er lauscht. Ein Tannenhäher kräht, ein Murmeltier pfeift, Insekten schwirren in der Luft. Irgendwo weit weg ist auch ein Steinadler unterwegs, denn ganz leise vernimmt er seinen Ruf. Kontaktlaute von Hirschen sind plötzlich zu vernehmen, und dann: Ein Knacken und Fluchen. «Mist, die Scheisskerle sind noch da! Okay, jetzt zieht euch warm an!», kommentiert Leon halblaut seine Lage. Im nächsten Moment stürmt er einen recht steilen Hang hoch. Seine Sandalen sind überhaupt nicht fürs Gebirge gemacht, aber Leon kommt hoch, wenn auch unter Mithilfe seiner Hände. Bald ist er nur noch auf allen Vieren unterwegs. Als er am Fuss einer Felswand steht, ist ihm mulmig zumute. Einerseits könnte er seine Verfolger abhängen, indem er diese Wand hochklettert, andererseits wäre er dann eine super Zielscheibe.

Leon kauert sich nieder an einer Stelle am Fusse der Felswand, wo er alles im Blick hat. So sieht er seine Kontrahenten kommen. Zwischendurch tätschelt er sein GPS-Gerät und fragt sich, wie lange es wohl geht, bis Arthur der Polizei seinen Standort durchgibt. Es ist Freitag-Nachmittag, gemäss Sonnenstand wohl um die sechzehn Uhr. *Arthur müsste jetzt aus der Schule zurück sein. Jetzt hat er meine Nachricht bestimmt gesehen und setzt Himmel und Hölle in Bewegung*, überlegt Leon.

Doch es tut sich nichts, keine Polizeihelikopter, keine Lautsprecheransagen – nichts, nur die tausend Stimmen einer unberührten

Natur: leises Surren und Summen von Insekten, Knarzen von Holz, Säuseln vom Wind sowie tiefe, hohe, kurze oder wiederkehrende Tierlaute diverser Arten. Leon kennt sie alle – selbst das Fluggeräusch der Schneehühner oder die dumpfen Stösse, wenn zwei Steinböcke Hörner an Hörner miteinander kämpfen. Der Wald unter ihm riecht nach Harz, nach modriger Erde, nach feuchtem Moos und nassen Flechten. Ein klarer Bergbach gurgelt und plätschert.

Wären da nicht seine hartnäckigen Verfolger, würde sich Leon eins fühlen mit der Natur. DAS ist sein Leben: In der Wildnis Abenteuer erleben! Als ein Kolkrabe ruft, wird er unvorsichtig und schliesst verträumt die Augen. In seiner Vorstellung taucht unerwartet das Bild eines Mädchens auf. Es ist aber nicht die Rothaarige aus dem Freibad. Die <Fata Morgana> vor seinem geistigen Auge hat dunkelblonde Haare, so wie er, trägt sie aber lang und ohne Locken. Leons Löwenmähne hingegen ist kurz und wild gelockt. Und ein Rabe hockt auf ihrer Schulter. Erschreckt öffnet er die Augen wieder. *Nicht einschlafen, und schon gar nicht tagträumen*, tadelt sich Leon selbst. Jetzt ist sein Fokus wieder auf den Wald gerichtet. Doch da tut sich nichts…

«Die sollen mal kommen!», ruft Leon ungeduldig aus, doch im nächsten Moment bereut er seine vorlaute Art. Da warnt ihn ein Häher mit einem lauten Rätschen. Leon hat sofort verstanden und duckt sich hinter einem grossen Stein. Ein Schuss fällt und prallt am harten Brocken vor Leon ab. Darauf hat der Löwe gewartet. Er lehnt sich sitzend an die Felswand und schiebt mit seinen Füssen kräftig den Stein in Richtung Abgrund. Als er fühlt, dass der Brocken ins Rutschen kommt, hechtet er hinter den nächsten Stein. Er schielt hervor und sieht, wie der zu Tal donnernde Stein weiteres Geröll mitreist. Weiter unten erkennt er seine Verfolger, die dem Steinschlag auszuweichen versuchen. Einer der beiden Männer wird hart am rechten Bein getroffen und schreit vor Schmerzen auf. «Mia gamba è rotta!», jammert der eine, während der andere flucht: «Porca miseria! Pappamolla! Reiss dich zusammen, Simone!» – «Es ist gebrochen, Andrea!» – «Dann warte dort! Ich kauf mir diesen kleinen Wi...» Weiter kommt Andrea nicht, denn er sieht Leons Hemd hinter einem Felsbrocken hervorlugen. «Ah, da versteckst du dich, kleiner Bastard!», flüstert der Mann, macht einen grossen Bogen um die Zielperson und schleicht sich von hinten an Leon heran. Als er nah genug ist, schnellt Andrea aus dem Wald hervor und schiesst seinem Opfer von hinten mitten ins Herz.

Leon schleudert Andrea einen Stein an den Kopf. Der Getroffene geht zu Boden, ohne zu begreifen, was passiert ist. Leon atmet erleichtert auf und entspannt sich. Dann besieht er sich die Bescherung: Vaters Hemd hat ein grosses Einschussloch. Das ramponierte Kleidungsstück hängt noch in der abgestorbenen Astgabel, die Leon wie ein Ypsilon in den Boden gerammt und über die er das Hemd gestülpt hat. Als <Kopf> hat er ein hellbraunes, trockenes Grasbüschel auf den Hemdkragen gesetzt und alles an den Felsen gelehnt, dass alles auch schön stehen bleibt und nicht auseinander fällt. Von weitem wirkt die Szenerie so, als würde der Blondschopf Leon hinter einem Felsen Deckung suchen. Zum ersten Mal in seinem Leben ist der Junge froh, nicht oben ohne herumgelaufen zu sein. Ohne das Hemd als <Lockvogel> hätte er das Kunststück nicht geschafft. «Dad wird mich killen, das war ein neues Hemd! Und sein Sackmesser ist wohl auch verloren!», stöhnt Leon und kratzt sich am Kopf. Im nächsten Moment grinst er breit, nimmt Vaters Hemd sowie Andreas Pistole an sich und will sich gerade auf den Weg zurück zum Auto machen, als er geistesgegenwärtig in den Taschen des Bewusstlosen nach den Autoschlüsseln kramt. Als er sie hat, macht er sich auf, die Passstrasse zu erreichen. Als er an Simone vorbei geht, hebt er entschuldigend beide Hände und murmelt: «Sorry, Mann! Selber schuld.»

Auf dem Weg zurück zum Auto am Ofenpass labt sich Leon an einem klaren Gebirgsbach. Er hat mächtig Durst und trinkt ausgiebig. Hunger aber verspürt er noch nicht, zu viel Adrenalin strömt noch in seinen Adern.

Der Weg zurück ist weniger beschwerlich als die Flucht: Erstens wird er nicht mehr verfolgt, zweitens geht es jetzt nur noch bergab. Das Hemd hat er sich um die Hüften gewickelt, die Ärmel vorne verknotet. Die Pistole hat er entladen. Nach einigem Probieren hat er begriffen, wie man das Magazin entfernt. Er steckt es sich in die eine Hosentasche. Die Waffe selber klemmt er sich zwischen Jeans und Gesässbacken ein. Die Autoschlüssel stecken in der anderen Hosentasche.

Um siebzehn Uhr fünfundzwanzig ist er zurück beim Wagen seiner Entführer. Durch die offene Beifahrertür verschafft er sich Zugang zum Handschuhfach und deponiert dort die Pistole. An der Uhr am Armaturenbrett liest er die Zeit ab. Der Kofferdeckel des Wagens steht noch offen, ebenso die beiden vorderen Türen. Leon schliesst Beifahrertür sowie Kofferraum und setzt sich dann ans Lenkrad. Er überlegt kurz: *Soll ich mit der Karre zurück nach Landquart fahren oder Touristen bitten, dass ich mit deren Smartiefon telefonieren kann*? *Ersteres wäre ruhmreich*! *Ein vierzehnjähriges Entführungsopfer kommt mit der Karre der Entführer zurück*! *Geil... na ja, mit den Entführern im Kofferraum wäre es erst richtig cool. Okay, bis ich zuhause bin dauert es zu lange. Meine Eltern sterben sicher schon tausend Tode... also, Touristen anbaggern*!

Seufzend verlässt Leon den Fahrersitz und begibt sich zu den anderen Autos, die auf dem Parkplatz stehen. Er wartet kurz, doch niemand kommt. Er schaut sich die Nummernschilder an: einige Zürcher, ein Aargauer, zwei Deutsche, ein Holländer. Leon ist nicht gerade der Geduldigste. Um die Warterei zu verkürzen, sucht er Vaters Taschenmesser, das hier irgendwo in der näheren Umgebung noch liegen sollte. Er ist froh darüber, es tatsächlich nach erstaunlich kurzer Suche zu finden. *Immerhin bringt er mich nur wegen des durchschossenen Hemdes um*, denkt er belustigt. Er überlegt sich, ins nächste Dorf, also nach Zernez zu fahren und dort gleich zur Polizei zu gehen. Das scheint ihm ein guter Plan.

Es ist achtzehn Uhr und er setzt sich erneut ans Steuer des Fiat Tipo, einem Mittelklasse-Kombi. Er steckt den Schlüssel ins Zündschloss. *Okay, jetzt Kupplungspedal drücken… äh, Bremspedal auch… oder nicht? Tammi, wie ging das schon wieder?*, überlegt Leon, der es sich bei seinen Eltern abgeschaut hat. Er dreht am Zündschlüssel, der Motor springt an. *Und jetzt? Erster Gang rein und Kupplungspedal langsam loslassen, glaube ich*, geht Leon in Gedanken die Abläufe nochmals durch, *doch was ist mit dem rechten Fuss, der muss doch aufs Gaspedal, doch wenn ich die Bremse jetzt loslasse, rollt die Karre weg*! – Jetzt erinnert er sich an die Handbremse. Er bemerkt, dass sie angezogen ist. *Ach so, Bremse wäre nicht nötig gewesen*, grinst Leon und setzt den rechten Fuss aufs Gaspedal. Nachdem er den ersten Gang eingelegt und die Handbremse gelöst hat, nimmt er den linken Fuss etwas zu rasch von der Kupplung weg. Der Motor verreckt mit einem unschönen Geräusch. Leon läuft knallrot an.

Jetzt ist er froh, dass sich niemand anders auf dem Parkplatz befindet und zuschaut. Zu allem Übel rollt der Wagen langsam weg, der Gang ist nicht richtig drin. Geistesgegenwärtig betätigt Leon die Handbremse.

Alles nochmals von vorne: Zündschlüssel auf Ausgangsposition, Kupplung betätigen, Schalthebel in die neutrale Stellung. Motor starten, ersten Gang rein. Okay, diesmal laaaaaangsam weg vom Kupplungspedal. Puh, die Karre läuft! Leon löst die Handbremse und gibt langsam Gas, der Wagen rollt vorwärts. Doch er möchte wenden! Rückwärtsgang? *Bloss nicht, zu kompliziert, am Schluss lande ich im Graben*, überlegt Leon und entscheidet sich für einen U-Turn. Die Strasse ist frei, somit kann er wunderbar einen Halbkreis vollführen und Richtung Zernez zurückfahren. Nur dröhnt der Motor plötzlich, und Leon weiss, dass er in den nächsten Gang schalten sollte. Nur graut ihm davor. So fährt er im ersten Gang, langsam und bedächtig, zu seinem Ziel. Auf dem Weg dorthin wird er mehrmals überholt, was ihn ziemlich wurmt. Doch er will nicht hochschalten, auf keinen Fall. *Zu viel Schiss, dass der Motor verreckt*, gesteht sich Leon ein, schämt sich aber in Grund und Boden.

10

Der verlorene Sohn

Patrick hämmert auf den Tresen im Polizeiposten von Landquart: «Verdammt nochmal, unser Sohn ist spurlos verschwunden und Sie wollen bis morgen warten, um etwas zu unternehmen? Er ist akut gefährdet. Er ist einem Umweltskandal auf der Spur! In so einem Fall darf, nein MUSS die Polizei SOFORT einschreiten!» – «Wieso lassen Sie einen Minderjährigen allein Nachforschungen anstellen? Ein guter Vater geht sofort zur Polizei», lautet die lapidare Antwort des Polizeibeamten, der sich nicht gerne von vorlauten Eltern sagen lässt, was er zu tun hat.

Andrea ist in Tränen aufgelöst und bringt keinen vernünftigen Satz heraus, aber sie merkt genau, dass die Situation ausser Kontrolle gerät: Sie droht den Verstand zu verlieren, und ihr Gatte explodiert gleich, denn er hat sehr wohl die Polizei informiert. Nur wollte ihm vor ein paar Tagen niemand Glauben schenken. Im richtigen Moment klingelt das Telefon. Der Polizist nimmt ab, was ihn vor einer wohl gröberen Schimpftirade von Leons Vater bewahrt und Patrick vor einer Anzeige wegen Beamtenbeleidigung. – «Wie bitte? Wer ist am Apparat? …Parkwächter, ach so… Wie bitte? Zwei Italiener im Parc naziunal ausserhalb der markierten Wege verunfallt? Beinbruch beim Einen und Verdacht auf Hirnerschütterung bei beiden… die Rega holt sie…», wiederholt der Uniformierte und wirkt total perplex. So viele kuriose Situationen an einem Freitag-Abend sind etwas viel für den Mann, der selten mehr als ein geklautes Fahrrad oder Portemonnaie rapportieren muss. Dann staunt er weiter: «Wie bitte? Denen ist das Auto gestohlen worden? Am Ofenpass bei Zernez. Und was bitte hat Landquart damit zu tun? …WAS? Die beiden wohnen in Landquart! Namen bitte… Simone Galli und Andrea Ferrari. Ja, hab ich notiert. Ja, buna sera.»

«Und wir?», macht sich Patrick bemerkbar, nachdem der Polizist den Hörer mit einem Stossseufzen aufgelegt hat. Leons Vater hat sich etwas beruhigt, dennoch will er nicht untätig bleiben. Eben will er die Schrauben wieder anziehen und dem Beamten Dampf machen, da klingelt erneut das Telefon. Der Diensthabende hebt den Hörer mit einem gequälten Gesicht ab, dann aber muss er sich setzen: «Wie bitte? Nairobi?…» – Arthur ist am Apparat und bombardiert den überforderten Mann mit all den Informationen, die er von Leon erhalten hat. Patrick und Andrea schauen sich verblüfft an, dann streckt Leons Vater die Hand nach dem Hörer und erklärt forsch: «Wenn es Arthur McIntosh ist, geben Sie her, der kann uns – im Gegensatz zu Ihnen – WIRKLICH helfen!» – Der Polizist weiss nicht so recht, ob er froh sein soll, dass wenigstens jemand einen Sinn im Ganzen sieht, oder ob er den Fall besser gleich der Bundespolizei übergeben müsste.

Patrick brüllt in den Hörer, als möchte er sichergehen, dass man es auch wirklich bis nach Nairobi hört: «Arthur, was ist los? Weisst du was von Leon?» – «Nicht so laut! Äh, also… Er meldet sich nicht, aber er hat mir erklärt, dass er bei der Air Girun in der Nähe von Landquart fündig geworden ist. Die haben sehr wahrscheinlich die Giftmüll-Fässer in der Natur entsorgt. Er hat auch Verdächtige genannt: Mario Testa, Pilot bei der Air Girun, und Angelo Longo, Cousin von Testa und Mitinhaber der Longo Bau AG in Luzein. Das hat er mir vor dem Restaurant Geppetto in Landquart geschrieben…» – Patrick stutzt: «Wie… was… woher weisst du das?» – «Er trägt eines eurer GPS-Halsbänder für Luchse. Ich konnte seine Position verfolgen: Landquart Geppetto… Flüelapass… Ofenpass… Nationalpark… Ofenpass… und jetzt bewegt er sich Richtung Zernez… recht langsam, vermutlich zu Fuss.» – «Nationalpark? Bist du sicher?», bohrt Patrick ungläubig nach, dann bricht er in schallendes Gelächter aus, denn er kann sich jetzt lebhaft vorstellen, weshalb zwei Italiener im Nationalpark von der Rettungsflugwacht abgeholt werden mussten. Er grinst und flüstert seiner Frau: «Unser Leon lebt. Dieser Draufgänger ist vermutlich den Umweltsündern auf die Schliche gekommen und hat sie spitalreif geprügelt. Was für eine Wildsau!» – Andrea lächelt und wischt sich die Tränen aus dem Gesicht.

Patrick bedankt sich ausgiebig bei Arthur und reicht dann den Hörer dem Polizisten, dessen Hirn man geradezu beim Arbeiten zusehen kann. «So! Und jetzt wollen wir mit dem Polizeiposten in Zernez sprechen!», gibt Patrick den Tarif durch. – Mutmasslicher Giftmüllskandal durch Unternehmen, mutmassliche Entführung, mutmassliche Körperverletzung und angezeigter Autodiebstahl, Lebenszeichen des Entführten bei Zernez… Der Angesprochene scheint das Puzzle nun selber einigermassen zusammenzubekommen, denn er informiert sogleich seine Kollegen in Zernez, dass sie auf dem Ofenpass nach einem Vierzehnjährigen Namens Leon Inderbitzin Ausschau halten sollen. Zudem empfiehlt der Beamte den besorgten Eltern, die Vermisstenanzeige dennoch aufzugeben: «Sie vermuten jetzt, wo er ist, aber Ihr Sohn ist noch nicht gefunden worden. Und mit einer Anzeige haben wir eine Grundlage, um in alle Richtungen zu ermitteln – also auch bezüglich des Giftmülls, falls Ihr Sohn in diesem Zusammenhang entführt worden ist.» Das versöhnt Patrick mit der örtlichen Polizei.

***

Während auf Leons Eltern ein abendfüllender Papierkrieg wartet, tuckert Leon im Fiat Richtung Zernez. Er erblickt schon den spitzen Kirchturm und freut sich auf die Ankunft und ein deftiges Essen, da stottert der Motor und stirbt schliesslich ganz ab. *Ach Mist, das Benzin geht aus…, aber wenn das rote Lämpchen leuchtet, fahren doch meine Eltern noch ewig weiter*, nervt sich Leon über sein Pech. Den letzten Schwung des Gefährts nutzt er noch, um rechts auf eine Wiese hinauszufahren und das Pannenfahrzeug dort abzustellen.

Entnervt steigt er aus und schlägt die Fahrertür unsanft zu. Den Schlüssel lässt er stecken. *Ich nehme die Abkürzung durch den Wald*, entscheidet sich Leon und ist genau dann ausser Sichtweite, als ein Polizeifahrzeug neben dem Fiat anhält.

Die Sonne steht schon tief am Horizont, die Temperaturen fallen. Leon zieht Vaters Hemd, das er um die Hüften geknotet hat, wieder an. Um neunzehn Uhr erreicht er Zernez. Im Hotel Pizzeria Selva, gleich am Dorfeingang, bittet er um eine Möglichkeit, kostenlos zu telefonieren. Er habe sein Smartiefon verloren und es sei ein Notfall. Die freundliche Dame am Empfang lässt ihn ans Festnetz des Hotels. Er überlegt, ob er seine Mam oder seinen Dad anrufen soll. *Sie röstet mich auf kleiner Flamme, er macht mich gleich zur Schnecke*, prophezeit er und seufzt, *es spielt eigentlich keine Rolle, wen ich anrufe, denn um das gleich folgende Telefonat zu führen braucht es eine masochistische Ader*. Er schluckt leer und wählt die Handy-Nummer seiner Mutter. Sie nimmt ab.

«Mam, ich bin's...», beginnt Leon kleinlaut, doch er ist überrascht, dass seine Mutter weder Vorwürfe äussert, noch mit Strafen droht. Sie ist einfach heilfroh, Leons Stimme zu hören und zu erfahren, dass er unversehrt ist. Leon schildert ihr nur kurz und knapp, was er erlebt hat. Die gefährlichsten Szenen, in denen Schüsse gefallen sind, lässt er aus. Er bittet sie zum Schluss, dass sie sein Smartiefon in Landquart sucht. «Ich weiss, Restaurant Geppetto…», meint Leons Mutter und freut sich, dass sie damit ihren Sohn verblüffen konnte. – «Woher?» – «Arthur.» – *Na klar, wer sonst. DER hat aber lang gebraucht, um einen Finger zu rühren, DER kann was erleben*, denkt Leon etwas verstimmt. «Mam, noch was…», bittet Leon, «Kannst du dem Hotel irgendwie einen Pauschalbetrag überweisen, dass ich hier was zu essen kriege. Ohne mein Smartiefon kann ich nichts bezahlen…» – Seine Mutter willigt ein, aber nur unter der Bedingung, dass Leon seine Nachforschungen aufgibt und die Polizei den Job machen lässt. Halbherzig willigt er ein. Dann übergibt er den Hörer der Hotelangestellten. So wie Leon mit einem Ohr mitbekommt, scheint die Geldangelegenheit für sein Nachtessen etwas kompliziert. Mit dem anderen Ohr hört er einem sportlich wirkenden Gast zu, der im Hoteleingang mit seiner nicht minder fitten Begleitung spricht und lachend den Einsatz des Rettungshelikopters im Nationalpark erwähnt: «Da sind zwei Pizzafresser im Park verunfallt. Sicher Grossstadtmohikaner – keine Ahnung von Hochgebirge, hahaha!» – Leon kann sich ein Grinsen kaum verkneifen, hat er doch sofort begriffen, dass er nicht ganz unschuldig am <Unfall> ist.

Eine halbe Ewigkeit später, wie es Leon allein draussen auf der Terrasse vorkommt, kann er sich endlich Capuns mit Salsiz schmecken lassen. Und dazu ein alkoholfreies Calanda Radler. Welch himmlische Wonne! Vermutlich hätte er die alkoholhaltige Variante auch bekommen, denn Leon wirkt älter und reifer. Aber in solchen Dingen ist er – noch – sehr unverdorben, ein Kind der Natur, das sich nicht gerne zudröhnt, weder mit Musik noch mit Rauschmitteln.

***

«Wie bitte? Zwei Tote in Landquart!», wiederholt der Polizist, der gerade die unterzeichnete Vermisstenanzeige aus der Hand von Patrick entgegennimmt, und muss sich setzen. Er zeigt ein verdutztes Gesicht und stottert irritiert: «Wie… wie bi-bitte? Der Arzt vermutet einen Mo-Mo-Mord? Hier in Landquart!…WAS? Wer? Die Namen nochmals!» Er hält das Mikrofon des Hörers zu und flüstert zu Patrick: «Langsam wird's unübersichtlich… Es sind Testa und Longo!» Der Polizist nimmt seine Hand wieder weg und lässt sich weitere Details schildern. Nach ein paar Minuten, in denen er der Kollegin am anderen Ende des Telefons aufmerksam zugehört hat, fasst sich der Mann und spricht mit fester Stimme: «Die Angelegenheit gehört in die Hände der Kantonspolizei. Diese Morde stehen im Zusammenhang mit Straftaten im ganzen Kanton. Ich kümmere mich drum. Bleib vor Ort, Flurina. Ist Kollege Andrin bei dir?… Ah gut. Sichert den mutmasslichen Tatort, bis die vom Kanton mit der Kriminaltechnik vor Ort sind. Ende… ja, auch gute Nacht.» Mit einem Stossseufzen stammelt der Mann: «Wa-was für… für eine Nacht!» – Patrick zuckt mit den Achseln und meint: «Sehen Sie es als Abwechslung. Und ausserdem – vor einer Stunde hätte ich das nicht gesagt: Danke für die professionelle Unterstützung!»

***

Ein Mann tritt an Leons Tisch. Er wirkt sehr sportlich, scheint aber nicht mehr ganz so jung zu sein. In Leons Augen wirkt er uralt, aber für Teenager gelten alle über zwanzig als scheintot. Der Mann trägt dunkle Outdoor-Kleidung, die teuer aussehen. Er hat dunkle, kurze Haare und dunkle Augen. Das Gesicht ist glattrasiert und wirkt sehr knochig, die Backen sind leicht eingefallen. Überhaupt scheint der Mann kein überflüssiges Körperfett zu haben. Der Fremde sagt kein Wort, er steht nur da und starrt den Löwen an. Leon zieht eine Augenbraue hoch und fragt misstrauisch: «Wollen Sie was?» – Der Angesprochene grinst: «Leon Inderbitzin?» – Leon nickt und kontert: «Wer will das wissen?» – Der Fremde grinst breit: «Gestatten: Hauptmann Beat Braunwald, Hauptkommissar bei der Kantonspolizei Graubünden. Bitte komm mit mir mit, Junge.» Und der Mann hält einem verblüfften Leon einen Dienstausweis unter die Nase. Leon zieht nun beide Augenbrauen hoch und gibt ein «Ups» von sich. Als er aufsteht, bittet Leon noch darum, aufs WC zu gehen, was ihm der Mann gestattet.

«Geiler Dienstwagen! Ein Ferrari, sowas will ich auch mal fahren!», sprudelt es aus Leon heraus, als er Braunwalds Auto sieht. Der Kommissar lacht und meint: «Kein Dienstwagen, mein Privatwagen. Ich habe Bereitschaftsdienst. Man hat mir eben mitgeteilt, dass zwei Morde im Zusammenhang mit deiner Entführung stehen.» – Leon erbleicht und stottert: «A-aber… ich hab die bei… beiden Tsch… äh Dings… Typen nur verletzt, nur verletzt!» – «Es geht nicht um Simone Galli und Andrea Ferrari, sondern um Mario Testa und Angelo Longo. Die beiden sind tot aufgefunden worden.» – Leon entspannt sich und nimmt jetzt bereitwillig Platz auf dem Beifahrersitz. Doch dann fühlt er, wie sich seine Gedärme zusammenziehen. Bevor Braunwald den Wagen starten kann, fragt Leon irritiert: «Was ist passiert?» – Braunwald setzt sich ohne zu antworten hinters Lenkrad und betätigt den Startknopf. Der Motor startet mit einem sonoren Sound, und der Wagen beginnt dann regelrecht zu <blubbern>. Als Braunwald leicht das Gaspedal betätigt, hört es sich an, als brülle ein Löwe – Leon ist hin und weg. Er vergisst sogar seine Frage, doch der Kommissar antwortet mit Verspätung: «Wir wissen es noch nicht, aber du warst vermutlich der Letzte, der Mario Testa lebend gesehen hat.» – «Und sein Chef, und die Mechaniker!», beeilt sich Leon, den Kreis der <Verdächtigen> zu erweitern, denn er steht ungern allein da als jener, der irgendwas als Letzter gesehen, gehört oder gemacht hat. Er fühlt sich dann immer etwas mitschuldig an einer Situation, was ziemlich unangenehm ist.

11

Der Profi-Killer

Leon geniesst seine erste Fahrt in einem Ferrari. Es ist sogar ein Cabrio. Obwohl die Luft schon kühl ist und die Sonne gleich untergeht, findet er es angenehm, oben ohne zu fahren – der Fahrtwind zerzaust Leons Löwenmähne, das vorne offene Hemd flattert leicht, der Motorensound schmeichelt den Ohren, die wunderschöne Landschaft ist jetzt noch grüner, die Abendsonne noch gleissender als sonst.

***

Patrick fischt Leons Smartiefon aus einem Gebüsch beim Restaurant Geppetto, während Andrea das Mountainbike auf die Fahrradhalterung des Busses hievt und festklemmt. Als sich beide wieder Richtung Bus-Kabine in Bewegung setzen, treffen sich ihre Blicke. Sie schauen sich total erschöpft, aber glücklich in die Augen.

Leons Eltern sitzen nun im Camper und fahren nach Hause zu ihrer Wohnung in Felsberg. Beide sind erleichtert, dass es Leon gut geht. Die Mutter hat ihm sogar ein Hotelzimmer für eine Nacht gebucht und ihm gesagt, sie würden ihn morgen abholen, wenn es nicht die Polizei tut.

Zuhause angekommen, sinken beide nur todmüde ins Ehebett. «Was für ein Tag!», murmelt Patrick und stöhnt, doch Andrea bekommt es schon nicht mehr mit. Sie ist bereits eingeschlafen. Leons Vater schielt zu ihr, dann übermannt ihn der Schlaf ebenfalls.

***

«Das ist aber kein Polizeirevier!», mustert Leon kritisch den einsamen Schuppen, auf den sie zufahren. Braunwald zirkelt den Ferrari über eine holprige Naturstrasse. Leon ist erstaunt, dass der Wagen nirgends aufschlägt, denn der Unterboden eines Sportwagens liegt tiefer als jener von normalen Autos. – «Nein, ist es nicht, aber hier starben Testa und Longo. Ich will dir ein paar Dinge zeigen. Speziell ein Fass…» – Leon horcht auf. *Endlich*! *Die Polizei befasst sich mit den Fässern*!

Beide steigen aus. Braunwald zeigt mit dem linken Arm auf die offene Tür des Schuppens. Leon tritt ein, sieht aber im Dunkeln zuerst nichts. Der Kommissar zückt eine Taschenlampe. Als Leon sich nach ihm umdreht, blickt er direkt in den Lichtstrahl der Lampe. Leons rechte Hand schnellt hoch und schützt automatisch seine Augen. Im nächsten Moment spürt Leon einen harten Schlag. Halb ohnmächtig geht der Junge zu Boden.

***

Leons Eltern geniessen die Bequemlichkeit einer Wohnung. Nur schon ist der Schlaf erholsamer als im Camper – bessere Matratzen, mehr Platz, weniger Umgebungslärm. Und der Morgenkaffee ist leichter und schneller zubereitet. Zudem sitzt es sich einfacher auf einem Stuhl, der auf einem festen Untergrund steht. Und es gibt keine Insekten, die sich im Getränk ersäufen oder auf dem Butterbrot festkleben. Wäre da nur nicht die Türklingel, die die Ruhe unterbricht. Draussen ruft jemand: «Polizei, bitte öffnen Sie die Tür!» – Andrea erbleicht, Patrick springt sofort auf. Beide stecken in Bademänteln, doch sie wollen die Beamten nicht warten lassen. Als Patrick die Tür öffnet und Andrea sich zu ihm gesellt, streckt ihnen ein älterer Herr in einem grauen Anzug ohne Krawatte seinen Dienstausweis unter die Nase und stellt sich vor: «Guten Tag. Hauptmann Braunwald von der Kantonspolizei Graubünden. Spreche ich mit Herrn und Frau Inderbitzin?» – Leons Eltern bejahen, doch der Umstand, dass Leon nicht neben dem Kommissar steht, sondern eine uniformierte Polizistin, lässt die beiden nichts Gutes ahnen. Andrea mustert den Mann vor de Tür: vermutlich um die Fünfzig, kleiner Bierbauch, graue Haare und kurzer, grauer Vollbart, Brille.

***

Leon wacht auf, um ihn herum lodern Flammen. Die Luft ist stickig und ätzend. Zudem ist er gefesselt. *Scheisse, schon wieder*! Leon überlegt fieberhaft, wie er aus der Nummer rauskommt.

Der ganze Schuppen steht in Flammen, ein Entkommen ohne schwere Brandwunden ist nicht möglich – wenn er denn auf die Beine kommt, die ebenfalls gefesselt sind.

Das war's wohl, so fühlt es sich an, wenn man stirbt..., grübelt Leon und möchte nur noch Schreien – vor Wut auf sich selber, auf den falschen Kommissar hereingefallen zu sein, und vor Verzweiflung, sein Leben so jung beenden zu müssen. Als es donnert, weiss Leon, dass im nächsten Moment das brennende Dach über ihn zusammenstürzen wird. Im besten Fall ist er sofort tot, im schlechtesten verbrennt er bei vollem Bewusstsein. Doch nichts geschieht – im Gegenteil, das Feuer zieht sich zurück, zumindest kommt es Leon so vor. Erst als das Zischen, Knacken und Ächzen brennender Balken und Latten verstummt und Leon eine unverhoffte Dusche abbekommt, merkt der Gefesselte, dass ein Platzregen eingesetzt hat. Mutter Natur hat ihn vor dem Feuertod bewahrt. Das Donnern, das er vernommen hat, war also einem echten Gewitter geschuldet, nicht den brechenden Balken.

***

«Diese Nacht sind Simone Galli und Andrea Ferrari, die mutmasslichen Entführer Ihres Sohnes, im Spital ermordet worden. Und von Leon Inderbitzin fehlt jede Spur. Gäste des Hotels Selva sahen ihn gestern Abend in einen Ferrari steigen. Ihr Sohn muss wohl ziemlich aufgefallen sein, die befragten Personen waren sich sehr sicher: kräftiger Blondschopf, wünschte zwei Mal einen Nachschlag und trank Bier. Den Fahrer aber konnten sie nicht richtig beschreiben, er kam nur kurz rein, holte Ihren Sohn raus und verschwand mit ihm. Es war schon dunkel.» – Leons Eltern glotzen Braunwald an, als sei er ein Geist. Diese Nachricht haut beide fast um.

***

Leon hustet und röchelt. Er ist komplett durchnässt, aber das stört ihn nicht. Wichtig in diesem Moment ist lediglich, dass er wie durch ein Wunder unversehrt geblieben ist. Und noch etwas Gutes hat der Regen: Er hat die Fesseln ebenfalls aufgeweicht. Irgendwie schafft es Leon, seine linke Hand aus den Schlingen zu winden. Der Rest ist ein Kinderspiel. Als er wieder seine volle Bewegungsfreiheit zurückerlangt hat, blickt er ängstlich hinauf zu den Dachbalken. *Sie halten*! *Uff*!

Vorsichtig sucht sich Leon einen Weg aus dem verkohlten Schuppen. Das Dach hält noch immer. Es bricht erst in sich zusammen, als Leon draussen steht und einen Blick zurück wagt. *Geil, wie in den Filmen*, kommentiert der Löwe das Geschehen und lächelt. Sein Herz ist leicht, federleicht. Es fühlt sich an, als ob ihm ein zweites Leben geschenkt worden wäre. Ist er etwa unsterblich? Ein Achilles der Neuzeit? – Leon weiss, dass das Blödsinn ist, doch irgendwie fühlt es sich so an.

Wo bin ich, fragt sich Leon und schaut sich um. Er rekonstruiert die gestrige Fahrt im Ferrari: *Richtung Chur ging es, den Flüelapass hatten sie schon hinter sich, dann bogen sie ab. Davos? Klosters? Zumindest nicht mehr im Engadin.*

Leon entscheidet sich, aufs Geratewohl loszulaufen. Zumindest zwei Guidelines will er beachten: tendenziell bergab, tendenziell die Sonne zu seiner Rechten, also gen Norden laufen. So will er sichergehen, dass er Richtung Chur geht.

Als es aufgehört hat zu regnen, schielt eine wärmende Sonne aus den Wolken hervor und wärmt den einsamen Wanderer ein wenig. Dennoch friert Leon sehr. Schnelles Gehen schafft etwas Abhilfe. Durst muss er keinen leiden, er findet ein Bächlein. Doch den aufkommenden Hunger kann er leider nicht stillen. Mit Wehmut denkt er an die feinen Capuns von gestern – *die waren himmlisch*!

***

Leons Eltern ziehen sich um und fahren mit den Beamten nach Chur auf den Polizeiposten. Dort angelangt, hören sie als Erstes einen wutentbrannten Glatzkopf ausrufen: «Verdammt nochmal! Das gibt ein Nachspiel! Mich eine Nacht in Haft schmoren zu lassen! Geht's noch! Ich zeige Sie an!» – Braunwald führt Leons Eltern am erzürnten Mann vorbei. «Der Chef von Air Girun…

Warum darf er gehen?», fragt der Kommissar. Die Beamtin, die den Glatzkopf hat gehen lassen, verwirft entschuldigend die Hände: «Sein Verteidiger hat ihn rausgehauen. Und der Staatsanwalt sah wohl keine Flucht- und Verdunklungsgefahr.» – Braunwald seufzt und kratzt sich am Bart: «Na gut, ich glaube sowieso nicht, dass der eigenhändig Morde begeht. Wichtig ist jetzt, den Vermisstenfall Leon Inderbitzin neu aufzurollen.» – «Neu?», fragt die Kollegin. – «Ja, neu. Er ist schon gestern als vermisst gemeldet worden, hat sich zwischenzeitlich gemeldet, aber es fehlt jetzt wieder jede Spur von ihm.» – Andrea bricht in Tränen aus, Patrick nimmt sie tröstend in die Arme. – «Das sind die Eltern des Vermissten. Befrage sie, Jolanda. Und ruf das Care-Team an, die Eltern brauchen vielleicht psychologische Unterstützung.

***

Endlich trifft Leon auf eine Menschenseele – auf einen Bauern. Er kann bei ihm auf dem Traktor mitfahren. So tuckert er in Richtung Schiers. Diese Ortschaft liegt rund zehn Kilometer von Landquart entfernt. *Langsam kommen wir dem Ziel näher*, ist Leon erleichtert.

Ausserhalb von Schiers lässt ihn der Bauer allein weiter. In rund einer Viertelstunde erreicht er die Ortschaft und will grad eine ältere Frau nach dem Polizeiposten fragen, als ein lauter Sportwagen neben den beiden hält. Leon rutscht das Herz in die Hose, als er erkennt, wer am Steuer sitzt: der falsche Kommissar! – In dem Fall wäre <Profi-Killer> wohl treffender!

12

Die Todesbrücke

«Einsteigen, Junge, mach kein Theater, sonst stirbt die Frau da!», befiehlt der falsche Braunwald und tippt auf die Waffe, die er am Gürtel in einem Halfter trägt. Leon seufzt, *nicht schon wieder*. Ihm bleibt keine Wahl, er steigt in den Ferrari und schnallt sich an. «Brav!», kommentiert der Mann und fügt hinzu: «Du bist schwerer zu töten als die vier Italiener.» – Leon stutzt, *wieso vier*? Er fragt nach und bekommt eine ziemlich deftige Geschichte aufgetischt: «Nun ja, mein Auftraggeber hat ursprünglich die beiden Versager Simone und Andrea losgeschickt, um dich und die andern beiden Italiener, Mario und Angelo, aus dem Verkehr zu ziehen…» Der Killer grinst breit und fährt fort: «Sie waren… sagen wir mal… ungeschickt. Du hattest einfach Glück, so wie letzte Nacht in der Scheune. Der Zeitzünder hat zwar funktioniert, aber der Schuppen ist genau dann abgebrannt, als der Platzregen runterkam. Auf diese Scheiss-Meteo-App ist kein Verlass!» – Trotz der ernsten Lage muss Leon grinsen… Oh ja, Meteo-Apps können einen im wahrsten Sinne des Wortes im Regen stehen lassen. Diesmal aber würde er dem Betreiber den Nobelpreis gönnen… *Nobelpreis, wie cool wäre das denn*!

Der Killer bringt Leon aus den Tagträumen zurück in die Realität. «Ich habe schlussendlich alle vier töten müssen. Simone und

Andrea – die zuerst auf dich, Mario und Angelo angesetzten Killer – waren viel zu lange mit dir beschäftigt und haben deshalb ihren Job nicht erledigt. Sie hätten dich, Mario und Angelo innerhalb von zwölf Stunden abmurksen sollen. Ich verstehe es auch nicht, weshalb sie so kompliziert vorgegangen sind. Vielleicht wollten sie nicht alle Morde in Landquart verüben, um falsche Fährten zu legen. Weil sie versagten, mussten auch Simone und Andrea weg, denn sie hätten im Polizeiverhör alles ausplaudern können. Und es musste rasch geschehen. Schon als mein Boss bemerkte, dass am Nachmittag alles aus dem Ruder lief, schickte er mich mit seinem Privatjet zum Flugplatz Bad Ragaz. Aus Zeitmangel musste, also durfte ich seinen Ferrari fahren, den er dort stationiert hat und der ein Bündner Nummernschild trägt. Ich fuhr nach Landquart, um mich um Mario und Angelo zu kümmern, die sich in Marios Wohnung getroffen hatten. Nach dem Abnibbeln der beiden hat mir mein Boss mitgeteilt, dass du noch lebst. Darum bin ich nach Zernez gebraust, um dich dort aufzugabeln. Meine Spezialität sind falsche Identitäten. Ich habe Kisten voll falscher Identitäten in meinem Keller. Ich habe dich dann in den Schuppen gefahren, niedergeschlagen und gefesselt. Ich musste mir ja zuerst noch den Zeitzünder für deine Einäscherung besorgen. Das war nötig, damit der Brand nicht zu früh alles auffliegen lässt. Ich musste letzte Nacht ungestört ins Spital Chur fahren, wo man die beiden Nationalpark-Nieten gebracht hat. Es war knapp, ich glaube die Polizei ist irgendwie draufgekommen, dass die beiden keinen Unfall hatten. Nach dem Kaltmachen der beiden Warmduscher war plötzlich ein ziemliches Polizeiaufgebot beim Spital und ich musste rasch verschwinden. Natürlich habe ich im Schuppen nachgeschaut, ob du schon gar bist. Als ich gemerkt habe, dass der Grillspass nicht stattgefunden hat, musste ich dich schnellstmöglich wiederfinden. Der letzte Zeuge muss verschwinden», beendet der Killer seinen Monolog, und Leon seufzt: *Was für ein Ploderi. Der hört sich gerne reden*! *Aber das ganze Geschwafel nützt mir nichts, ich weiss immer noch nicht, wer hinter dem Umweltskandal steckt…*

Der falsche Braunwald fährt Leon – jetzt schweigend – an die Salginatobelbrücke in der Nähe von Schiers. Der Fahrer doziert: «Die Brücke gilt als Weltmonument. Sie ist neunzig Meter hoch und wurde genau heute vor 86 Jahren, am 13. August 1930, eröffnet. Hier springen oft Selbstmörder in die Tiefe.» Beim letzten Satz setzt der Killer ein süffisantes Grinsen auf. Nachdem er mitten auf der Brücke angehalten hat, befiehlt er barsch: «Aussteigen! Endstation! Man kann dich weder erschiessen noch verbrennen, aber das hier ist todsicher: Fliegen kannst du nämlich nicht!» Und der Killer lacht ein schmutziges, dämliches Lachen.

Leon steht an der Brüstung der Brücke und glotzt mit einem mulmigen Gefühl in die Tiefe. In diesem Moment steigt Trotz in ihm auf. Er wendet sich seinem Peiniger zu, holt tief Luft und richtet sich auf, um grösser und erwachsener auszusehen: «Okay, ich sterbe heute, mit vierzehn Jahren und vier Tagen. Ich werde nie ein Mädchen küssen, nie reich sein und nie einen Ferrari fahren. Aber ich habe einen letzten Wunsch: Bevor ich sterbe, will ich wissen, für wen Sie arbeiten. Das Wissen nehme ich ja ins Grab mit, also reden Sie endlich!» Das bringt den Killer komplett aus der Fassung. Fast wäre ihm die Pistole auf der Hand gefallen. Irgendwie hat Leon den Empathie-Punkt beim Profi-Killer gefunden – die Anspielung auf Mädchen, Moneten und Motoren hat gewirkt! Der Bewaffnete fasst sich etwas und druckst herum: «Na ja, okay Junge, meinetwegen. Ich will nicht so sein… Ich bin Auftragskiller und Bodyguard einer osteuropäischen Mafia-Bande, die ihr Geld mit illegaler Entsorgung von giftigen Abfällen macht. Wir verdienen ein Schweinegeld damit. Entsorgung von Spezialabfällen ist teuer, man kann viel Geld verlangen. Und wenn man den Job so erledigt, wie wir es machen – alles in die Natur kippen – dann ist die Gewinnmarge riesig. Die Kunden sind dabei komplett ahnungslos, wie etwa die Longo Bau AG. Die wollen einfach nur preiswert und sicher Giftmüll loswerden. Angelo Longo hat den Vertrag unterschrieben und sein Cousin Mario Testa hat die Angelegenheit in unserem Auftrag und auf eigene Rechnung erledigt. Bei der Air Girun dachte man, Mario bringe Werkzeug nach Österreich für einen Strahler, der in den Bergen unerwartet auf eine riesige Kristallhöhle gestossen ist und dringend besseres Werkzeug brauchte. Dummerweise haben wir nicht gewusst, dass die beiden Männer verwandt sind, …also waren. Als du aufgetaucht bist, hat Mario seinen Cousin aufgescheucht, der direkt meinen Boss informierte

– nichtsahnend, dass er damit sein Todesurteil sprach. Mein Boss fackelte nicht lange und schickte jene Leute los, die am nächsten wohnten: Simone und Andrea. Sie sollten – wie du ja schon weisst – zuerst dich und dann die beiden Italiener erledigen. Als das fehlgeschlagen ist, musste ich den Karren aus dem Dreck ziehen. Mario und Angelo zu erledigen war ein Kinderspiel. Dich zu finden war etwas schwieriger, aber den Fiat konnte ich orten, der hat einen GPS-Sender…» – *Nicht nur der*, denkt Leon und behält ein Pokerface, sein GPS-Gerät fühlt er am linken Bein unter den Jeans. «Und wie heisst Ihr Boss? Wenn ich den Namen höre, springe ich, versprochen…» – Der Killer seufzt und sagt: «Iwan Pawlow» – Leon schaut grimmig drein und brüllt: «Lügner, das ist der Name eines Forschers, der irgendwann vor hundert Jahren den Nobelpreis für Medizin gekriegt hat! Den hatten wir grad in der Schule, wegen der sabbernden Hunde… also wegen des Pawlowschen Reflexes… Ich will den echten Namen Ihres Bosses!» – Der Killer tritt näher an Leon heran, spricht «Ladislaus Petrovic» aus und schubst Leon Richtung Abgrund.

***

Patrick hämmert sich die flache Hand an die Stirn: «Ich bin der grösste Hornochse auf diesem verdammten Planeten, ein riesen Esel! Verdammt nochmal, das GPS-Gerät! Das habe ich total vergessen! Wir können Leon ja orten!» – Jetzt fällt es auch Andrea wieder ein. Sie fleht den Kommissar an, sie an einen Polizei-Computer ran zu lassen, um sich online die Bewegungen der Sender anzusehen. Braunwald grummelt etwas in seinen Bart, gibt aber nach und lässt Andrea an seinen Rechner. Im Gegensatz zu Patrick kennt Andrea alle Passwörter auswendig. Schnell ist sie im System. Und da sind sie, alle Signale der Luchse… und einer dieser Luchse ist eine Undercover-Katze namens Leon. «Nein, nein, nein, welcher ist es denn, hilf mir, Bärli…», wendet sich Andrea händeringend an ihren Gatten, der sich nach vorne beugt und einen Punkt nach dem andern mit einer logischen Begründung ausschliesst. Bei einem Signal meint Patrick und weist mit dem rechten Zeigefinger auf einen bestimmten Punkt am Bildschirm: «Dieser <Luchs> war als einziger gestern im Nationalpark, das muss Leon sein… der ist jetzt… schauen wir mal… aha, bei Schiers, da oben… Was ist da oben, Herr Kommissar?» – «Die Salginatobelbrücke», antwortet Braunwald trocken, da gibt Andrea einen spitzen Schrei von sich. Auch Patrick schwant Böses. «Haben Sie eine Patrouille in der Nähe?», fragt er geistesgegenwärtig nach. – Braunwald zückt sein Funkgerät und gibt durch: «An alle mobilen Einheiten! Hier Hauptmann Braunwald. Wer am nächsten der Salginatobelbrücke ist, sofort melden!» – Einige bleierne Sekunden vergehen, bis eine junge, männliche Stimme hörbar ist: «Hier Korporal Cathomen. Könnte in zehn Minuten dort sein.» – «Gut. Einsatz mit Blaulicht. Ein Junge ist in der Gewalt eines bewaffneten Mannes. Wir schicken Verstärkung. Braunwald Ende.» – «Alles klar! Cathomen Ende.»

Für Leons Eltern ist die Warterei eine grausame Tortur. Patrick, der Andreas Hände drückt, atmet schwer und versucht, sich und seine Frau zu beruhigen: «Nicht denken. Du machst dich nur verrückt. Lass die Polizei ihre Arbeit machen. Die wissen, was sie tun. Und unser Leon hat schon gestern gezeigt, dass er fähig ist, sich aus einer misslichen Lage zu befreien.» – Genauer gesagt, aber das wissen Leons Eltern ja nicht, hat sich Leon bereits aus zwei üblen Situationen befreit: aus dem Kofferraum des Fiat und aus dem brennenden Schuppen.

***

Leon weicht aus. Der Killer wollte ihn gerade von der Brücke schubsen, da ist er fast selber hinuntergefallen. Vor Schreck lässt der Mann seine Waffe fallen. Während er verdattert zuschaut, wie seine Pistole neunzig Meter senkrecht hinunter saust, nimmt Leon seine Beine unter die Arme und rennt von der Brücke und der Strasse weg, alles bergauf. *Versuch mal mit deiner geilen Kiste hier raufzukommen*, denkt Leon belustigt, als er über Stock und Stein springt. Der Killer verwirft die Hände und zögert einen Moment: Auto nehmen oder zu Fuss weiter… Wohl oder übel muss er un-motorisiert die Verfolgung aufnehmen, denn gerade klettert Leon auf allen Vieren eine Böschung hinauf.

«Bleib stehen! Zur Strafe wirst du keinen schnellen, aber einen langsamen und qualvollen Tod sterben! Ich werde dich grausam foltern, dir alle Nägel ausreissen, dich lebendig häuten!», droht der Killer in seiner Wut und Verzweiflung. Doch Leon weiss, dass er jetzt im Vorteil ist. In der Natur draussen gibt es niemanden, der ihm das Wasser reichen kann, schon gar nicht ein verwöhnter Auftragskiller, der sonst seinen Job mit dem Schalldämpfer in Innenräumen erledigt. Hier sind die Karten neu gemischt: keine Waffe, keine Schalldämpfer, kein Betonboden, alles wilde Natur und eine Zielperson, die sich darin bewegt wie eine Gämse…

***

Andrea schaut gebannt auf die GPS-Signale, da jauchzt sie leise: «Er bewegt sich, er flieht!» – Patrick grinst und lacht laut heraus: «Mein Junge! Was für ein Pfundskerl!» – Braunwald funkt nochmals Cathomen an. Dieser erklärt ihm, dass er und die Kollegin auf einen verlassenen Ferrari gestossen sind, Bündner Nummernschild, aber keine Spur von irgendwelchen Personen, auch keine Leichen unterhalb der Brücke – zumindest können sie per Fernglas keine entdecken…

***

Jetzt wird es richtig schwierig: Leon steht vor einer fast senkrechten Felswand. Hinter ihm hechelt der Killer die Böschung hinauf. Er rutscht dauernd aus mit seinen Schickimicki-Schuhen.

Leon zieht seine Sandalen aus, denn zum Klettern braucht er bewegliche Zehen. Und sein Hemd kommt ihm auch nur in die Quere. Er zieht es deshalb aus. Schuhe und Hemd wirft er seitlich weg. Im nächsten Moment schiebt er sich den ersten Meter die Wand hoch. Eilig versucht er, im Minimum drei Meter vom Boden zu kommen, bevor sein Verfolger zur Wand stösst. Es gelingt ihm unter grösster Kraftanstrengung. Seine jungen, aber starken Muskeln sind zum Zerreissen gespannt.

Nach vier Metern vom Boden nimmt es Leon etwas ruhiger. Er vergewissert sich immer ganz bewusst, ob seine Finger und Zehen einen guten Halt haben. Dann macht er jeweils den nächsten Klimmzug und sucht mit den Augen weitere Felsvorsprünge, und seien sie noch so klein. Dort langt er mit der freien Hand versuchsweise hin, um zu fühlen, ob die Stelle hält, was sie visuell <versprochen> hat. Wenn er sich nicht ganz sicher ist, sucht er eine andere Stelle. So arbeitet er sich Meter für Meter die Felswand hoch.

Der Killer wirft zuerst Steine nach Leon, doch er trifft nicht. Leon fürchtet sich allerdings vor den Geschossen, denn er weiss: Findet nur einer ins Ziel, könnte er den Halt verlieren und hinunterfallen. Deshalb sucht Leon eine Stelle in der Wand, die ihm gegen Geschosse von unten etwas Deckung gibt, die also etwas weniger exponiert ist und von unten schlecht einsehbar.

Kurz bevor er sich in Sicherheit wähnt, spürt Leon einen Schlag an den Rippen am Rücken rechts. Der Stein hat die Wirbelsäule nur knapp verpasst. Leon stöhnt auf, ein Fuss rutscht ab. Er presst sich an den Felsen und tastet mit dem Fuss ohne Halt der Wand entlang. Er wagt es nicht, sich von der Wand zu lösen, um mit den Augen nach Tritten zu fahnden. Schliesslich findet er neuen Halt und schafft es mit letzter Kraft in eine sichere Zone. Dort bleibt er an einer Stelle, wo er sich mit dem Oberkörper sogar etwas abstützen kann, und ruht sich aus.

Inzwischen versucht sich auch der Killer als Kletterer. Unerwarteterweise erweist er sich als geschickt – er hat Klettererfahrung aus der Halle, aber natürlich gesichert. Hier sind die Bedingungen deutlich schwieriger. Es gibt hier draussen keine schön geformten Griffe und Tritte, die abbruchsicher montiert sind. Und ein Sicherungsseil ist ebenfalls nicht vorhanden. Ein Fehler bedeutet den sicheren Tod.

Leon arbeitet sich weiter hoch. Irgendwie führen die Hormone, die diese Kletterpartie in ihm freisetzt, zu einem rauschähnlichen Zustand. Leon fühlt sich wie in Trance – weiter, höher, schneller. Es wird langsam gefährlich.

***

«Braunwald, bitte kommen. Absturz», meldet sich Korporal Cathomen. – «Ja, hier Braunwald. Nachschauen, Korporal!» – Bange Minuten vergehen, dann meldet Cathomen: «Mann, Mitte Vierzig, tot. Cathomen Ende.»

***

Leon hat nur einen Schrei gehört, dann einen dumpfen Aufprall. Das bringt ihn in die Realität zurück. Er erkennt, wie gefährlich sein Unterfangen ist. Und er versteht jetzt Vaters Zorn, als er an seinem Geburtstag zum Uhu-Horst klettern wollte. Doch für Leon gibt es kein Zurück. Er muss die Wand bezwingen. Hinunter wäre noch gefährlicher.

13

Eine Wand voller Böcke

Leon erreicht eine Felsnase, auf der er sich setzen kann. Das nutzt er für eine längere Verschnaufpause. Was sich unten abspielt, bekommt er nicht mit. Was aber weiter oben passiert, erregt sein Interesse: Ein Steinbock-Rudel leckt in einer fast senkrechten Wand Mineralien von der Oberfläche. Die Tiere brauchen die Salze, um gesund zu bleiben. Es sind alles erwachsene Weibchen und Jungtiere. Der älteste Bock ist gerade mal zweijährig, erkennt Leon mit einem Kennerblick. Das Gehörn des Tieres ist kaum länger als das der Weibchen, also knapp dreissig Zentimeter.

Leon ist hin und weg. Unglaublich, wie die Tiere am Felsen zu kleben scheinen. Der Biologen-Sohn weiss, dass die Hufe der Steinböcke innen weich und aussen hart sind – perfekt, um die kleinste Ritze auszunutzen. Fasziniert schaut er den Kletterkünstlern zu. Selbst die Kleinen, die dieses Jahr das Licht der Welt erblickt haben, bewegen sich schnell, sicher und anmutig.

Leon überlegt kurz: *Nach oben wird es extrem schwierig, nach unten kann ich nicht. Jetzt muss ich wohl auf das GPS-Gerät vertrauen und warten, dass man mich hier runterholt, sozusagen pflückt wie eine reife... äh... Banane... äh... Nuss, nein, auch nicht... Pflaume, um Himmels Willen nein... egal, Frucht, Früchtchen, na toll, immerhin habe ich meinen Humor nicht verloren.*

***

«Wir rufen die Rega!», mischt sich Patrick in die Arbeit der Polizei ein, doch Braunwald winkt grinsend ab: «Wir haben einen eigenen Hubschrauber. Den schicken wir los, schliesslich will der auch amortisiert werden.»

Leons Eltern sind zwar nicht mehr allzu beunruhigt, da sie nun wissen, dass der Killer ihrem Leon nichts mehr anhaben kann. Doch dass er sich allein in dieser Felswand befindet, strapaziert dennoch ihre Nerven. Und als Braunwald den beiden mitteilt, dass der Heli nicht starten kann, weil ein weiteres Unwetter aufzieht, heult Andrea erneut los. Nur schon die Vorstellung, dass der arme Junge allein, schutzlos und dem Unbill der Natur ausgeliefert in der Felswand ausharren muss – und dies vielleicht die ganze Nacht –, kann besorgte Eltern in den Wahnsinn treiben. Wenigstens gibt Cathomen durch, dass sie Leon gesichtet haben und dass er sicher auf einer Felsnase sitzt – das hilft etwas.

Patrick schlägt seiner Frau vor, den Camper zu nehmen und zur Salginatobelbrücke zu fahren. Leon kennt Morsezeichen, vielleicht können sie mit ihm Kontakt aufnehmen. «Er hat nichts…

dabei, das Licht… erzeugen kann», schluchzt Andrea hilflos. Braunwald hat dies mitbekommen und schlägt rasch vor: «Wir seilen von oben eine Taschenlampe, eine Wasserflasche und Essen ab. Das ist im Moment alles, was wir tun können. Ich veranlasse das. Der Trupp könnte noch vor Sonnenuntergang die Aktion durchgezogen haben. Meine Kollegin bringt Sie nach Hause. Wenn Sie mir versprechen, sich vor Ort an die Anweisungen von Korporal Cathomen zu halten, erlaube ich Ihnen, zum Felsen zu fahren.»

«Und was machen wir mit der Giftmüll-Angelegenheit?», fragt die Polizistin, die Leons Eltern heimfahren soll. – «Das muss warten, die Rettung des Jungen hat Vorrang, Jolanda.» – «Ja schon, aber Gabriele Longo, der Bruder von Angelo, steht beim Empfang. Er ist kaum zu beruhigen.» – «Auch das noch», zischt Braunwald genervt zwischen den Zähne durch, «Okay, ich kümmere mich drum. Der hat mir einiges zu erklären…»

***

Das Unwetter überzieht Leons Felsen mit Böen und regelrechten Regenduschen. Der Junge ist wieder komplett durchnässt. Zudem hat er nichts, womit er sich wärmen kann. Doch er ist zuversichtlich, dass der Spuk bald ein Ende hat. Leon hört gegen Abend zusätzlich zum Regen ein seltsames Geräusch, ein metallisches Klicken. *Eine Alarmanlage ist es sicher nicht*, überlegt der Junge. Als das Klicken näher kommt, schaut er hoch und sieht, dass jemand etwas runterlässt. Im Netz, das alles umschliesst, befindet sich eine Trinkflasche aus Metall und noch etwas Hartes. Wenn das die Wand berührt, erzeugt es den Klang.

Dummerweise hängt das Rettungspaket zu weit rechts von Leon. Wegen der regennassen Felswände kann er unmöglich näher ran klettern. Doch irgendwie scheinen die Retter jemanden bei der Brücke unten postiert zu haben, der ihnen Anweisungen gibt, wo genau das Paket auszuliefern ist. Das Fresspäckchen kommt näher. Es ist schon fast greifbar, da schlüpft die Taschenlampe zwischen den Maschen des Netzes durch und scheppert in die Tiefe. Leon ist nicht allzu enttäuscht, denn eine Taschenlampe kann man weder essen noch trinken. Die wichtigen Sachen kann er jetzt greifen und an sich ziehen. Er holt die Trinkflasche als erstes raus. Er hat zwar Regenwasser getrunken, doch er konnte nur so viel sammeln, wie in seinen zu Schalen geformten Händen reinpasst. Dann fischt er ein in Folie eingepacktes Sandwich aus dem Netz. Nach einem Kennerblick zwischen die Brotscheiben leckt sich Leon die Lippen: «Mmmh, Salami.»

Erst als unterhalb des Felsens ein Licht aufleuchtet und Morsesignale sendet, begreift er, wofür die Taschenlampe gewesen wäre. Egal, Leon trinkt und isst wie… ein hungriger Löwe.

Kurz vor Sonnenuntergang seilt sich ein Kletter-Team von oben zu Leon herab. Das Wetter hat sich unerwarteterweise beruhigt und eine Rettungsaktion möglich gemacht. Die zwei Männer begrüssen Leon. Dieser hebt die Hand, erleichtert, dass er nicht die Nacht draussen verbringen muss. Der eine Bergführer reicht ihm einen Klettergurt und hilft dem Jungen beim Anziehen. Dann befestigt der Mann die Prusikschlinge um das Doppelseil, das er für Leon dabei hat und das vom Grat runterhängt. *Oben ist es hoffentlich gut fixiert*, grübelt Leon. Dann verbindet der Profi den Prusik mit Leons Klettergurt. Schliesslich montiert er noch das Sicherungsgerät, das ebenfalls die beiden Seile mit dem Gurt verbindet. Jetzt ist Leon doppelt mit den Seilen gekoppelt, via Prusik und Sicherung. Nach einer kurzen Instruktion, wie man beides bedient, geht's los. *Das wird ein Spass*, freut sich Leon.

Doch die Vorfreude währt nicht lange, denn die Rettungsaktion mutiert zur mühsamen Rutschpartie. Leon ist heilfroh, zwei erfahrene Helfer dabei zu haben, denn er hängt ein paar Mal hilflos in den Seilen. Je länger es dauert, desto öfters bekommt er Krämpfe, vor allem in den Waden. Seine Beine gehorchen dann nicht mehr richtig. Mal hilft der eine, mal der andere Bergführer, dass Leon sich stabilisieren kann. Meter für Meter stehen sie ihm beim Abseilen bei. So einfach wie in einer Kletterhalle geht Abseilen draussen leider nicht.

Als sie endlich unten sind, kann sich Leon kaum mehr auf den Beinen halten. Er klappt zusammen. Es ist ihm zutiefst peinlich, aber zwei Polizisten müssen ihm unter die Arme greifen und ihn zu einer bereitstehenden Ambulanz schleppen.

Als er auf der Bahre liegt, dürfen seine Eltern zu ihm. Das Wiedersehen verläuft unspektakulär ab. Alle drei sind total erschöpft und mit den Nerven am Ende. Und alle drei sind heilfroh, dass das ganze Drama ein gutes Ende gefunden hat. Leon merkt erst jetzt, was das Erlebte wirklich mit ihm angestellt hat. Die Todesangst, die er mehrmals ausgestanden hat, bricht hervor. Es schüttelt ihn regelrecht. Aber vielleicht ist es auch nur das steigende Fieber. Zumindest Leon schiebt es darauf, schliesslich will er auf keinen Fall als Weichei abgestempelt werden.

14

Sag niemals nie!

Ladislaus Petrovic kommt auf die Fahndungsliste von InterPol und wird tatsächlich ein paar Monate später in Spanien verhaftet. Seine Machenschaften in der Schweiz werden in den nächsten Monaten lückenlos aufgeklärt. Alle, die mit seiner Firma, der Professional Disposal AG, Verträge abgeschlossen haben, bekommen Post von der Staatsanwaltschaft. Sie müssen alles offenlegen. Nach und nach kommen weitere illegale Deponien zum Vorschein. Sie werden saniert, und der Giftmüll diesmal fachgerecht entsorgt. Die vereinfachte polizeiliche Zusammenarbeit im Schengen-Raum führt dazu, dass auch illegale Deponien in ganz Europa ausfindig gemacht werden.

Leons Eltern sind mächtig stolz auf ihren Sohn, für den das neue Schuljahr verspätet beginnt. Nach 24 Stunden im Krankenhaus verbringt er eine geschlagene Woche mit hohem Fieber zuhause im Bett. Er leidet an Durchfällen und ihm tut einfach alles weh – es fühlt sich an wie ein einziger, grosser Muskelkrampf am ganzen Körper. Die kleinste Bewegung ist eine Qual und kostet ihn enorme Anstrengung. Zudem leidet er unter Schwindel und Halluzinationen, sein Hirn fühlt sich an, als läge es in einer alkoholhaltigen Sosse im Schädel. Bewegungen überfordern seine Augen, kleinste Geräusche martern seine Ohren, und Gerüche jedwelcher Art rufen Übelkeit hervor. Er kann weder lesen noch fernsehen. Auch am Computer oder vor dem Smartiefon verschwimmt ihm alles vor Augen.

Nach einer Woche bessert sich sein Zustand rapide. Sein jugendlicher Körper hat die Kraft, was immer er sich da eingefangen hat, zu bodigen. Nach und nach verschwinden alle Symptome. Zu allerletzt verzieht sich der Nebel in seinem Kopf – alles wird wieder klar. Leon geniesst die zurückgewonnene Normalität und hat auch wieder mächtig Hunger. Ganze drei Kilogramm hat er abgenommen, die müssen wieder her, aber nicht als Fett, sondern als Muskeln! Der warme Herbstanfang macht es ihm leicht, sportliche Aktivitäten im Freien auszuüben. Er nutzt jede schulfreie Minute, um draussen zu sein. Abends dann ist er schneller müde als sonst und schläft meist früh ein – sehr unüblich für Leon, der es sich gewohnt ist, Schlafmangel locker wegzustecken. Doch nach überstandener Krankheit muss sich sein Körper regenerieren, und Schlaf ist das beste Mittel dafür.

Doch Mitte September kommt es ihm plötzlich in den Sinn: Leon hat komplett vergessen, Arthur zu kontaktieren und ihm zu danken für seinen Anruf beim Polizeiposten Landquart. Es ist schon manchmal vorgekommen, dass sich die beiden ein paar Tage oder ein paar Wochen nicht sprechen, doch nach überstandener Gefahr hätte es zumindest ein <Danke, bin wohlauf, muss mich kurz erholen, melde mich.> gebraucht.

Arthur ist stinksauer. Als sich Leon nach rund vier Wochen Sendepause bei ihm meldet, reagiert der junge Brite nicht. Leon schreibt ihm eine Message: «Hi, Bro. Bin wieder voll da. Schule ist voll ätzend. Alles gut bei dir? Toll hast du die Polizei angerufen!» – Funkstille, Arthur ignoriert alle Kontaktversuche von Leon.

Schliesslich bittet Leon seinen Vater, mit Arthurs Vater Kontakt aufzunehmen. Patrick willigt ein und schickt eine Nachricht an Sean McIntosh. Der britische Botschafter antwortet rasch, aber sehr undiplomatisch: «My son is offended and I can understand why. Leon never thanked him properly. He should never get in touch again.» – Mit anderen Worten: Arthur lässt über seinen Vater ausrichten, dass er Leon die Freundschaft aufkündigt. Bitter!

Leon fällt in ein Loch. Er fühlt sich irgendwie schuldig, aber irgendwie auch nicht, dass die Freundschaft mit Arthur in die Brüche ging. Es war eine turbulente Zeit gewesen, und er hatte eine volle Woche halb tot im Bett gelegen. Doch es hat ihn seine erste und einzige richtige Freundschaft gekostet. Und weil auch Leon irgendwie ein Trotzkopf sein kann, hat er sich geschworen, niemals mehr eine starke Bindung zu einem anderen Jungen aufzubauen. *Einen neuen Kumpel*? *Niemals*! *Never ever*! Und doch, irgendwie fühlt er es im Innersten: *Sag niemals nie*!

***

Nach einem Jahr hat Leon seinen ehemaligen Freund Arthur fast komplett vergessen. Es kommt ihm so vor, als hätte die Freundschaft nie wirklich bestanden, als wäre es eine flüchtige Episode gewesen, mehr nicht. Dabei waren sie mal fast sechs Jahre lang so richtig dicke Freunde gewesen! Allerdings nur zwei Monate im echten Leben, in der restlichen Zeit rein digital. Das ist natürlich hinderlich, um Kumpels fürs Leben zu bleiben…

Die Leere füllt Leon mit Mädchen… der erste Kuss, die erste Freundin, das erste Mal etwas mehr als nur küssen. Im Bett allerdings hatte er noch keine gehabt. Irgendwie fühlte es sich bei keinem der Mädchen richtig an. Aber an ein bestimmtes Mädchen musste er immer denken, an seine <Fata Morgana> im Nationalpark: das Mädchen mit dem Raben auf der Schulter. Und ein zweites <Mädchen> blieb auch in seinem Herzen: Lilly.

***

An seinem fünfzehnten Geburtstag setzt er sich auf sein Mofa und fährt zu Lillys Wiese. Sie hatte sich zwar definitiv von ihm verabschiedet das letzte Mal, als sie einander gesehen hatten, doch irgendwie will er jetzt wissen, wie es ihr geht.

Weil sein Töff nicht ganz so geländegängig ist wie sein Mountainbike, muss Leon das Gefährt am Wegrand stehen lassen und zu Fuss zur Jagdhütte gehen. Dann biegt er ab zu Lillys Lichtung. Ein magischer Sonnenstrahl glitzert durch's Blätterwerk. Insekten summen in der Luft, Vögel zwitschern. Frische Düfte schmeicheln Leons Nase – Gerüche nach Gras, Blüten, nasser Erde und hie und da nach Tieren. *Das riecht nach Dachs… na ja, besser als nach Fuchs, falls…*, denkt Leon, doch weiter kommt er nicht, denn ein Reh bellt – ein Warnruf! Gilt er Leon? Nein, Leon fühlt sich nicht angesprochen. Er ist wohl mehr der Auslöser, ein Reh fühlt sich von ihm bedroht. *Hat mich Lilly etwa auch vergessen… alle vergessen mich…*, hängt Leon depressiven Gedanken nach, als wie aus dem Nichts ein anmutiges Tier auf der anderen Seite der kleinen Lichtung erscheint – eine grosse, starke Rehgeiss. «Lilly?», entfährt es Leon, und in seinem Kopf formen sich Worte der Begrüssung. Die Ricke kommt näher, etwas zögerlich, aber sie scheint tatsächlich seinetwegen hier zu sein – es ist Lilly! *Du bist gross geworden*, denkt Leon und schämt sich gleich für diesen Satz, den er selber nur zu oft hört und abgrundtief hasst.

Als sie ganz nah beieinander sind, geht Leon in die Hocke, und beide tauschen den Atem, Nase an Nase, wie früher. Leon ist total verzaubert, doch die Freude verdoppelt sich gleich: Hinter Lilly recken zwei kräftige Kitze ihre Köpfchen aus dem hohen Gras, das die beiden eben noch von Leons Blicken verborgen hat. Der Löwe ist verblüfft: «Deine? Du hast eine Familie. Lilly! Wow!»

Lilly dreht sich nach den Kitzen um, die es nicht wagen, näher zu kommen. *Sie sind wild, sie vertrauen dem Menschen nicht, das ist gut so*, ist sich Leon sicher. Eines der Kitze hat ein sehr dunkles Fell und kommt wohl mehr nach dem Vater. Das andere ist rotbraun wie die Mama. Beide sind schon recht gross und haben ihre weissen Rückentupfen fast verloren. Leon mustert die Jungtiere genau: Er erkennt auf deren Stirn keine Ansätze für Rosenstöcke, die Knochenzapfen unter der Kopfhaut, auf denen sich später ein Geweih bilden wird. *Es sind vermutlich zwei Rickenkitze*, beurteilt Leon das Geschlecht von Lillys Nachwuchs, *bei so kräftigen Tieren müsste bei Bockkitzen schon was erkennbar sein auf dem Schädel.*

Lilly dreht Kopf und Hals. Jetzt schaut sie über ihre Schulter zu Leon. Mit einem freundlichen Fieplaut verabschiedet sie sich von ihm, schaut wieder zu den Kitzen, geht an den beiden vorbei und zieht langsam in jene Richtung, aus der sie gekommen ist. Ängstlich bleiben beide Rehkitze dicht bei Lilly.

Leon bleibt noch eine Stunde auf der Lichtung. Er lehnt sich an den Stamm einer alten Eiche und blickt ins Leere. Sie hat ihn nicht vergessen, aber sie hat ihr eigenes Leben. Leon ist zwischen zwei Gefühlen gefangen. Einerseits findet er es richtig: Lilly hat ein gutes Leben in Freiheit verdient. Andererseits fühlt er sich einsam. Doch ist das Gefühl wirklich berechtigt? Kann man sich in der Natur einsam fühlen, umringt von abertausenden

Lebewesen? *Nein*, entscheidet Leon für sich und lächelt, *was soll's, ich bin allein und doch nicht allein, das... passt zu mir, und es ist gut so.*

Während er so philosophiert, fragt er sich, ob er nicht doch mit Tieren sprechen kann. Mit Lilly klappt es ganz gut, aber mit anderen Tieren nicht wirklich. *Oder noch nicht*? Leon nimmt sich fest vor, diese sonderbare Gabe weiter zu trainieren. *Man weiss nie, wozu sowas gut ist*, ist Leon überzeugt. *Ich glaube, ich übe einfach mal mit Nachbars Pferden*, entscheidet er, *kann nicht schaden, einen guten Draht zu Tieren mit PS zu haben*!

Zurück bei seinem Mofa schaut er sich das Gefährt an und freut sich schon, in drei Jahren den Auto-Führerschein machen zu können. Oder soll's ein richtiges Motorrad werden? *Schon komisch, ich liebe die Natur und die Motoren*, stellt Leon belustigt fest. Er zuckt mit den Achseln. *Egal.*

Es ist schon recht warm, er zieht sein Hemd aus und knotet es um die Hüften. Dann setzt er sich auf den Töff, stülpt sich den Helm über den Kopf und startet den Motor. Das Geräusch ist nicht gerade berauschend, aber es ist ein Motor. *Ich hoffe, die machen vorwärts mit den Elektroautos. Ich weiss zwar noch nicht, ob ich dann den Sound eines Verbrenners vermissen werde, aber zumindest würde ein Elektroauto besser zu meiner Naturliebe passen*, bringt er es auf den Punkt. Dann braust er los.

Das Mofa ist natürlich frisiert, aber das weiss ausser ihm niemand. Auf der Landstrasse schafft es Leon auf über siebzig Stundenkilometer, falls es bergab geht auf sogar fast achtzig.

Als Leon abends zuhause auftaucht, tadelt ihn sein Vater: «Wo warst du? Wir wollen dir zum Geburtstag gratulieren! Und deine Mam hat was gebacken.» – Leon hebt beide Hände: «Sorry, kein Empfang im Wald.» Allerdings weiss er nicht, ob er gerade gelogen hat oder ob er dort draussen wirklich keinen Empfang hatte, denn er hat kein einziges Mal auf sein Smartiefon geschaut. – «Na, das Thema passt, und Patrick zückt eine kleine Schachtel, die in silbernes Papier gewickelt ist, aus einer offenen Küchenschublade. Leon hebt eine Augenbraue und nimmt es erwartungsvoll entgegen. «Alles Gute zum Fünfzehnten!», wünschen seine Eltern wie aus einem Mund. Leon schüttelt das Geschenk neugierig, doch nichts bewegt sich, dann reisst er ungeduldig die Umhüllung weg. «Wow, das neue Smartiefon X, danke!», freut sich Leon, als er den Schriftzug und das Logo mit dem angebissenen Obst auf der Packung sieht. Sein Vater schaut absichtlich streng: «Genau, jetzt musst du dir bessere Ausreden einfallen lassen, dieses Teil hier erfasst nämlich auch die neuen Mobilfunkfrequenzen und hat daher fast überall Empfang!» – Leon läuft knallrot an, *touché*!

Leon pustet fünfzehn Kerzen aus und nimmt sich ein riesiges Stück einer etwas unförmigen Schokoladentorte. «Sollte eine Sachertorte werden, aber ich habe wohl etwas übertrieben mit der Crèmefüllung… Darum ist sie etwas… hügelig», entschuldigt sich Andrea, doch Leon entgegnet mit vollem Mund: «Mocht nix, högeleg es emmer got.» Er schluckt den Bissen runter: «… immer gut. Hügelig!» Dann grinst er über beide Ohren und wird knallrot. Langsam entdeckt er seine Liebe zu zweideutigen Sprüchen. Noch schämt er sich ein wenig, wenn er wieder mal einen zum Besten gegeben hat. Das wird sich aber bald legen.

«Wir haben noch eine Überraschung für dich, Leon!», beginnt Andrea feierlich und fordert ihren Gatten mit einem Kopfnicken auf, weiterzufahren. Patrick räuspert sich: «Also, die Uni Zürich hat uns abgeworben. Deine Mam wird Privatdozentin für Verhaltensforschung bei Wildtieren. Und ich werde die Forschungsgruppe Wildbiologie innerhalb der Professur für Zoologie leiten. Wir werden deshalb nächstes Jahr nach Zürich ziehen.» – Leon schaut mal zu Andrea, mal zu Patrick – wie bei einem Tennismatch, nur dass hier keiner der Spieler verliert, sondern der Zuschauer. *In eine Grossstadt*! *Zwei Monate Nairobi haben mir gereicht*! *Jetzt muss ich nach Zürich, Mist*! Leon ist entsetzt, und als seine Eltern seine dunklen Gedanken erraten, meint Andrea beschwichtigend: «Zürich hat auch Wälder, am Hönggerberg, am Üetliberg. Und den naturnahen Sihlwald! Und du kannst mit deinem Töff oder mit der S-Bahn auch schnell den wildromatischen Horgenbergwald besuchen.» – Leon seufzt. Immerhin, ein Vorteil hat das Ganze: Das Nomadentum, das Länder-Hopping der vergangenen Jahre, hat ein Ende, sie bleiben definitiv in der Schweiz.

Spät abends im Bett wälzt er sich herum. Zürich hat ihn an Nairobi erinnert. Also eigentlich haben beide Städte wenig gemeinsam. Aber für Leon sind Städte Betonwüsten, in denen er sich nicht so wohl fühlt. Und weil er an Nairobi denkt, muss er unwillkürlich an Arthur denken. Es wurmt ihn immer noch, dass der Kontakt abgebrochen ist. In letzter Zeit denkt er aber viel seltener an seinen ehemaligen Freund. *Ach was, du kannst mir sowas von kreuzweise, du eingebildeter Botschafterjunge*! Leon entscheidet sich dafür, einen Strich unter dieses Thema zu ziehen. *Es ist aus, vorbei, amen*!

Epilog

Leon hat sich wider Erwarten in Zürich gut eingelebt. Natürlich hat es geholfen, dass rund um die Stadt viel Natur vorhanden ist, die er erkunden kann. Mittlerweile ist er volljährig geworden und hat angefangen, Fahrstunden zu nehmen. Es trifft sich gut, dass er bald ein Auto lenken darf, denn sein Mofa hat definitiv den Geist aufgegeben. Für eine Reparatur reicht das Geld nicht, denn die Fahrstunden sind teuer. Seine aktuelle Mobilitätseinbusse stört ihn überhaupt nicht, es ist ja nur vorübergehend. Und der öffentliche Verkehr in Zürich ist ja sehr gut ausgebaut. So lässt er es sich nicht nehmen, auch etwas entferntere Ziel anzupeilen. Mit der S-Bahn fährt er nach Horgen.

Horgen gefällt Leon. Beim Aufstieg Richtung Horgenbergwald entdeckt er einen wildromantischen Wasserfall und Eingänge zu Bergwerksstollen. Letztere wecken allerdings böse Erinnerungen in Leon. Dafür freut er sich umso mehr, einige uralte Bäume zu sehen, als er die höheren Bereiche des Horgenbergwalds erreicht hat. Auf einem dieser Riesen entdeckt er einen Horst. *Falken*? *Störche eher nicht*, überlegt Leon und fackelt nicht lang. Geschickt nutzt er alle Unebenheiten des Stamms, um hochzukommen. *Klettern macht einfach Spass*! Leon vergisst dabei alles um ihn herum, auch das Krächzen von empörten Kolkraben, die auf Nachbarbäumen sitzen.

«Hey, runter da! Finger weg vom Nest!», herrscht ihn eine erboste Stimme an. Das hingegen kann er nicht überhören, es war laut und unmissverständlich genug. Überrascht setzt er sich in eine Astgabel und schaut nach der schimpfenden Person. Da steht ein Mädchen mit langen dunkelblonden Haaren am Fusse des Baumes und funkelt ihn wütend an. Irgendwie kommt sie Leon bekannt vor, aber er weiss nicht mehr, woher. Er macht nun, was er immer macht, wenn man ihm die Ohren langziehen will: Er setzt sein unschuldigstes und warmherzigstes Lächeln auf. Das entwaffnet üblicherweise selbst die wütendsten Zeitgenossen. Und es scheint auch jetzt nicht wirkungslos zu sein, denn der Tonfall des Mädchens ändert sich: «Da oben brüten Plonk und Corvina, wenn du also keine Hiebe einstecken willst, da rate ich dir, runterzukommen!» – «Plonk was? Hey, für ein kleines Mädchen hast du aber deftige Worte parat!», entgegnet Leon belustigt, der mittlerweile Meister der zweideutigen Sprüche ist. – «Was, wieso? … Von wegen kleines Mädchen, ich bin schon 16!» – Irgendwie gefällt sie ihm, ein natürliches Mädchen ohne Schminke und ohne Tussi-Allüren. Und sie liebt wohl auch die Natur. Er will sie genau anschauen, deshalb springt er geschickt von der Astgabel und landet direkt vor dem Mädchen.

Leon bemerkt belustigt, dass sie den Mund offen lässt. Er hat also seine Fähigkeiten, Mädchen zu beeindrucken, bestens entwickelt. Er stellt sich vor: «Ich heisse Leon. Leon Inderbitzin. Und wie heisst du?» – «…Mä…Mä», stottert die Unbekannte, total von der Rolle. «Grrrita!», krächzt einer der Raben, die jetzt wieder im Horst auf dem Baum hocken. Leon grinst und fasst sich mit der rechten Hand in den Nacken. «Greta? Wie die Thunberg? Toll, ich bin auch Klimaaktivist! Irgendwie siehst du der Schwedin ja sogar ein bisschen ähnlich, nur hübscher.» – Dem Mädchen scheint es die Sprache verschlagen zu haben, es glotzt ihn nur an. Leon kennt diese Situation, er weiss um seine Wirkung beim anderen Geschlecht.

Der sprechende Rabe gurrt plötzlich. Leon wird wieder auf ihn aufmerksam und fragt das Mädchen: «Hast du den handzahm gemacht?» Das Mädchen nickt nur, dann stottert sie: «Ich… ich mu-muss los; bin spä-pät dran…» Und im nächsten Moment dreht sie sich um und rennt davon. Der Rabe kommentiert die Situation treffend: «Grrrita ve lib. Ve lib.» Jetzt bleibt Leon der Mund offen. Er starrt auf den Raben und fragt sich: *Hat der jetzt echt gesagt, dass sich das Mädchen in mich verliebt hat? Ich glaub er hat das gesagt! Meine Fresse! Ja natürlich, jetzt erinnere ich mich, die <Fata Morgana>! Das Mädchen mit dem Raben auf der Schulter! Wow! Die muss ich wiedersehen, unbedingt! Ich glaube, sie könnte die Frau meines Lebens sein! Ich komme jeden Tag hierher zurück, irgendwann sehe ich sie bestimmt wieder, bestimmt…*

Weitere Sistabooks-Romane

Carole Enz, Michèle Combaz Thyssen
Rabenherz – Teil 1 – ISBN 978-3-907860-00-7
Rabenherz auf Schloss Neu-Bechburg – Teil 2
– ISBN 978-3-907860-14-4
Rabenherz und das Schwert von Glanzenberg – Teil 3
– ISBN 978-3-907860-22-9
Rabenherz im Banne der Pandemie – Teil 4
– ISBN 978-3-907860-23-6
Rabenherz – von der Engelsburg zum Teufelsberg – Teil 5
– ISBN 978-3-907860-24-3
Rabenherz – vom Ritter zum Cyborg – Teil 6
– ISBN 978-3-907860-25-0
Rabenherz aus der Route 66 – Teil 7
– ISBN 978-3-907860-26-7
Rabenherz und die weissen Hirsche von Rapperswil – Teil 8
– ISBN 978-3-907860-28-1
Rabenherz und das Geheimpapier im Kloster Einsiedeln – Teil 9
– ISBN 978-3-907860-30-4 (in Arbeit)

Michèle Combaz Thyssen
Der Schlüssel des Scarabäus – Fantasy – ISBN 978-3-907860-01-4
Die Rache des Scarabäus – Fantasy – ISBN 978-3-907860-06-9
Die Tochter des Scarabäus – Fantasy – ISBN 978-3-907860-15-1
Die kleine Schildkröte, die gern fliegen wollte – Bilderbuch
– ISBN 978-3-907860-16-8

Lisa Thyssen, Michèle Combaz Thyssen
Kleiner Specht auf grosser Reise – Bilderbuch
– ISBN 978-3-907860-18-2

Lisa Thyssen, Désirée Thyssen, Michèle Combaz Thyssen
Das Abenteuer der Baum-Seele – Bilderbuch
– ISBN 978-3-907860-20-5

Lisa Thyssen
Magic Kids – Fantasy
– Teil 1: ISBN 978-3-907860-27-4
– Teil 2: ISBN 978-3-907860-29-8
– Teil 3: ISBN 978-3-907860-31-1 (in Arbeit)

Carole Enz
Fao oder Der Aufschrei der Wildnis – Aus dem Leben eines Rehbocks – ISBN 978-3-907860-07-6
Waldkauz Hannu –
Tier-Fabeln – ISBN 978-3-907860-12-0
Psi oder Die letzte Hoffnung für Jado 2 – Science Fiction – ISBN 978-3-907860-03-8
Psi und das Geheimnis der Jado-Schattenblattpalme – Science Fiction – ISBN 978-3-907860-04-5
Psi und die Abgründe des Jenseits – Science Fiction – ISBN 978-3-907860-05-2
Sieben Leben, sechs Entscheide und ein Piraten-Kapitän – Fantasy – ISBN 978-3-907860-13-7

Carole Enz, Jeannette Lagler
Rehkitz Rafael hat Angst vor dem Gewitter – Bilderbuch
– ISBN: 978-3-907860-17-5

Viktoria Abdai
Alle Wege führen in die Schweiz – Odyssee einer Exil-Ungarin
– ISBN 978-3-907860-02-1

Steffi Gmür
«Ich bin d'Steffi» – «Ich bin krank, und trotzdem ist mein Leben lebenswert!» – ISBN 978-3-907860-11-3

Harry Schneider
Bosco Quarino – Die Walser in Bosco Gurin – ISBN 978-3-907860-08-3
Picchio Rosso – Schweizer Agententhriller im Zweiten Weltkrieg – Teil 1: ISBN 978-3-907860-09-0 / Teil 2: ISBN 978-3-907860-10-6

Thomi Eichhorn
Fördern – Wie Fördern gelingen kann (Fachbuch für Lehrkräfte) – ISBN 978-3-907860-21-2

eBooks von Sistabooks

Etliche Sistabooks-Bücher sind auch in digitaler Form erhältlich, allerdings nicht über den Verlag, sondern in diversen Online-Shops.

www.sistabooks.ch